問候薛西弗斯

ONE OF US

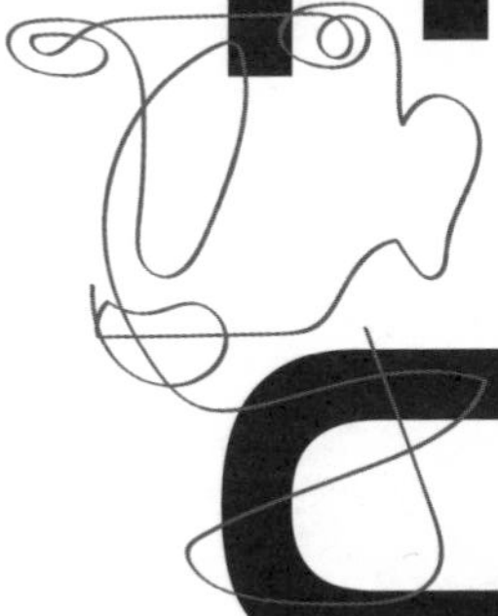

陳玠安——著

好評推薦

是怎樣的頻率，閱讀從第一個字開始像電吉他接上音箱，帶著 Fuzz 麻麻的 overdrive 效果，一路刷向書頁最後一個字，致推著巨石的薛西弗斯們，回敬一杯苦艾酒！原來這麼想念著一些時光，那些現在的年紀已經可以被視為是「青春」的日子，竟然在玠安的文字裡，全都清晰地迎面而來！抒情之後，挺直腰桿、挽起衣袖，來吧！

——音樂人　王榆鈞

身為一個土生土長，近幾年很嚮往鄉下生活的台北人，從這本書看見完全不同視角的台北，還有花蓮。

——歌手　黃玠

即便只推著石頭上下，每人也各有其相異的路徑與施力方式，是某種「創作」吧；來自作者的「問候」，便如他對這些「創作」所書寫的真摯感佩與併肩情意一般，本身已成一篇一首一段段，幽美完熟的散文詠嘆之歌。

——資深樂評人　葉雲平

不知道從什麼時候開始，看團的樂趣從把自己灌醉後擠到最前面衝撞，變成中途離場到外頭抽菸，和那些因為激情而走在一起的人說些悶悶的話題，關於生活、關於規劃、關於現實。我覺得自己仍有一絲浪漫，可越發強烈的淡然，代表我正走向匱乏或是昇華？我在玠安的文字裡感受到相似的感情，還有一份讓我釋懷的、成熟的坦然。

——作家　熊一蘋

（依姓氏筆畫排序）

目次

輯二

將唱針放上……

Put the stylus on……

輯三

公路休息站的快餐店 Diners on the long way road

推薦序

唯心的純粹

1976阿凱

我記得只屬於千禧世代（Y世代）的那個世界，我也永遠記得屬於那個世界的生活，所有的大小體驗都還深刻，還像是昨天的事。到了今天，只要聽到那個世界的某一段旋律響起，仍會激動不已，但今天這個世界完全不一樣了，滿滿整個城市都印著醜得要命的禁菸標語，街角是搖茶店和便利商店，藝術創造變成串流訊號在另外一個次元，渴望被觸摸的靈魂們，卻沒有機會用身體觸摸過音樂和電影。平易近人、樸素、chill、叛逆、時尚、革命、政治正確……全都變成平等而中性的字眼，傳達著混合的訊號，潮流與潮人也很曖昧，活著的偶像有時候教忠教孝，和政客一樣勤懇愛民，有些則讓人打瞌睡，似乎死去的則永遠死去了，屬於千禧世代的世界像是被彗星撞地球滅絕，沒有留下太多可以繼承的，那個世界和這個世界沒有血緣關係，又如此遙遠似乎沒有發生過。

陳玠安來自那個世界，在那個世界，文藝青年們少有生意經，還沒有當上總編輯，還沒有開始投資理財，關於政治，他們什麼都懂，就是不懂政治正確；關於生活，他們什麼都談，就是不談柴米油鹽。他們日常生活是這樣的：每一天，從一個又一個煙霧繚繞的咖啡店，走向一個又一個唱片行或書店。在那個世界，神和人混居在同一個街角，也都同樣以菸草與酒精、震耳欲聾的搖滾樂與各種形式的仰望或崇拜或消費行為為食，那個世界的城市和今天一樣繁忙，只是從身邊走過的，是以人類標準來看，算是失敗者的神祇，或是悲壯華麗的酒鬼，悲壯華麗的英雄，或是悲壯華麗的詩人、文學家、音樂家、電影導演，當然還有陳玠安。

《問候薛西弗斯》，詳實地描述了那個世界，人物誌與文物誌，似是唯物，卻紀錄了唯心的純粹。

《那男孩攔下飛機》、《在，我的秘密之地》、《不要輕易碰觸》……我總是在陳玠安的作品中，有尋得知音，找到我輩中人的感覺，相同的音樂、電影品味，透過陳玠安的文字和陳玠安的痛苦（讀者不用親身感受的痛苦），再次回憶我個人上個世紀末到這個世紀初的藝文經驗。身為偶有聯絡的交心朋友，我則是期待陳玠安活得世俗一些，輕鬆一點，在鋒芒乍現的時刻，在藏不住脾氣的時刻，在不懷好意的世界，不免擔心他的急切，他的不合時宜，特別是《不要輕易碰觸》中的陳玠安，雖然已經遍體鱗傷，卻大方地拿起刀往傷口劃。在每一個時間點，每一個創作時期，陳玠安仍然是唯一能描繪大衛鮑伊的華麗和大衛林區的神秘的作家，在今天，這些作品描繪的，已經算是神秘學範圍的宗教經驗了吧？《問候薛西弗斯》中的陳玠安仍然遊走在音樂和音樂神祇間、漫步在咖啡店與唱片行之間，他以更從容的文字代表更多的釋懷，釋懷或是酷呢？我不確定，不過那個世界似乎不曾毀滅，也許不再煙霧繚繞，但我們可以多走幾步路下樓再抽根菸。

自序

問候薛西弗斯

與友人聊到即將出版的計畫，他說「你也好久沒有出書了」。是啊，上一本《不要輕易碰觸》已是九年前的往事。在這之後，替「風和日麗唱片行」寫過現已絕版的《歡迎光臨風和日麗唱片行》，參與了半本的「角頭音樂」專書，個人的出版品完全沒有。

說來有點奇怪，我自己似乎並沒有意識到，有多久沒出書了。與早年經驗相比，這簡直是不可想像的。二十歲出版第一本書之後，接連在十年內有了三本文集，頻率算是不低。怎麼後來就能耐得住性子，覺得

「沒有出版作品也沒關係」呢？

可能是，生活的扎實感，讓我忙著許多瑣事，失去與得到之間，默默地，嘗試了很多樣的人生。多數來說，工作還是藝文類型為主：策展、主持節目、擔任音樂獎項評審、各類活動顧問……我也嘗試上班，當了一會兒的行銷專員、執行企劃。當然，最難以輕易略過的，是主編了兩本已經結束的音樂雜誌。喔，還在台北藝術大學受聘，擔任講師。

九年來的日子，看似多采多姿，多數時候也充滿懷疑。懷疑自己與產業的關聯，懷疑自己還能做怎麼樣更有意思的事情，懷疑自己與城市的關係，懷疑友情、親情、愛情是否讓我更理解人生與陪伴。種種，無法一言以蔽之，其中一項，或許是「懷疑自己與文學是不是遠了」。

弔詭的是，我一直在寫。無論做什麼職業，專注於哪個方向，我始終未離開寫作，只是寫的方向不一而足。音樂文字，恐怕是我給大多數人的印象吧，但即使是音樂文字，也有分做評論、雜感、主題專文、小說……各形各色。況且，真心越來越相信，寫音樂的心態與以往大不同了：沒有資訊焦慮了，不想總是在介紹些、展示些什麼，我希望的是，用最平易近人的方式，描繪音樂，給各種類型的讀者。這也是一個長期的練習。至於為什麼如此，恐怕跟授課、主持電台節目一樣，我更想要從「溝通」之中獲得能量。

其他的散文、書評、小說與專題報導，也幾次出現在文學副刊、雜誌等。純文學的部分，我用心、感受更深，生命的痕跡更多，本來也準備了小說的出版，但最後，還是以最熟悉的散文作者身分，回到出版作品的狀態。

九年來，紅塵滾滾，食土不少，有得有失，對文學與自我的懷疑，其實反射了某些我心中對於「實感」的想法。已不是那個能浪漫看待一切的青年，我深知人間有其疾苦，不僅是觀察，我也身在其中。以這樣的狀態，整理著這一本書稿。

知悉這些事情都只是過程，心中的酸楚不少：別誤會，那份酸楚並不來自委屈，而是明白了，所有人都在為了結果努力，但我們都還只是過程的一部分而已。簡單來說，我看見了世界上有無數的薛西弗斯，那位在神話中命定挪移大石頭，上上下下，鎮日、終其一生的角色。無論在我身邊業內，或者是我所能盡力觀察、同感的人們。社群媒體若有其疏離感，似乎讓我們各自推著大石頭，互不相幫，缺乏同理，而社群的文字屬性，讓我們彼此牽絆於更多大石之外的疲憊。

就一位也正在努力推動著大石的薛西弗斯，如我，時常在想，即使這一切的過程，都是無盡的費力與消耗，誰也不真心講著話，但，文學是不是可以在這樣的時代，真正扮演著合宜的角色呢？不必是「準確」的角色，合宜即可。

想著想，這個時代裡，真正從文字而來的慰藉能是什麼呢？我認為是一份「問候」。每一位薛西弗斯以不同的理由，拚命反覆著過程，「一切都是過程」，難道對於結果就沒有一點點權利聞問嗎？繁忙的人們，心得要有多疲憊，才會連推石頭的心情也被遺忘，只揮汗抒發著社群上的隱藏與壓抑呢？

文學或能作為問候，即使不會改變任何事情，也是有其力道的。每一位薛西弗斯扶著不同重量，或說因故有所輕或重的大石頭，每一日每一時，也都變遷著心境吧。真正能上前詢問一聲，不就是文字的魅力與職責嗎？

為怕誤解，容我稍微解釋：問候薛西弗斯，並不能以文學理論裡的悲劇或純文學的藝術型態去揣想、去猜測、去模擬。問候，是得更為懇切、直率的，在「薛西弗斯們」終於也暫時推完這一顆石頭，用「實感」的作為，獻上敬意與問候。別再想像戲劇寓言，我們彼此都能透過文字，成為彼此的真實，哪怕僅有一瞬。

這本書收錄了我觀察人世間的「薛西弗斯們」，拉近視角，用簡約一些的言語，試著「問候」，以作為一位文學作者，對於搬大石的自照，以及關照。

上一本書出版時，我感覺到世界還沒有那麼樣偽裝自己，可能真的因為科技與社群的改變，載體與運算的分配，不偽裝自己，好像真的會被石頭給壓垮。

是的，一切都是過程。我仍想獻上一份問候，給勞碌於心智或身體的讀者。我是作為文學的愛好者，因而想要寫作，是因為發現離不開世界，而開始試著愛這個世界。

如果這裡頭的故事也跟你有關，是的，那就是我最想要給予的問候了。請不要懷疑，我們的頻率。

接下來或許有機會更沉澱的面對文學。希望我能繼續，跟著那份詛咒，跟著「薛西弗斯們」，在一起，有真心相待的機會。

包括，對我自己。

這本書，獻給這九年裡頭，每一次見到我，都向我透露期待與鼓勵的朋友、讀者們。感謝子淇、靖哥、雲平大哥、光夏姊、梓評哥、阿煜哥、查爾斯、欣芸姊、盛弘老師、鈞堯老師、哲甫、珈琲花、奮死唱片、國勳、小米、教官、小鈴、芷芷，以及親愛的家人們。特別感謝蕙慧老師的器重，讓我有機會來到木馬。謝謝瓊如的耐心與協作，第一次合作，給你添麻煩了。

再一次，問候，感念，每一位薛西弗斯。我們繼續，推著大石，推著真實，看望彼此。對於結果，每個人都有真心話想說，即使，我們都還在過程之中。於是，我不再那麼疑惑自己與文學的關係了。

輯一

我的同名專輯

Self Title Album

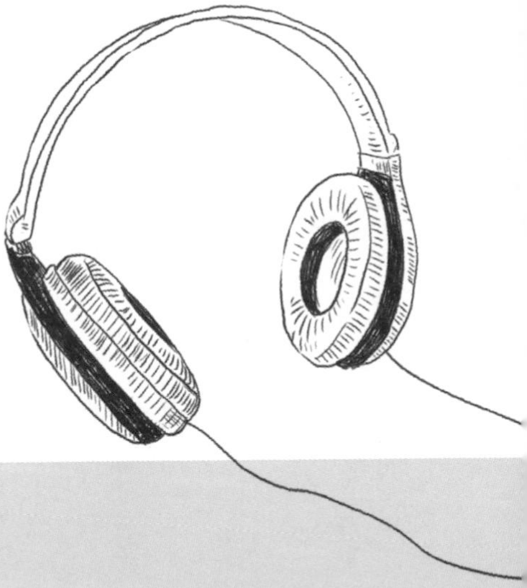

重複播放著的歌曲，現在仍在播放器中，等待著我把重複鍵按掉，才能繼續播完整張專輯。

有點擔心，如果每一首歌長得都差不多，會不會是弄錯了什麼。那麼，執著於一首單曲，也不為過吧。

但我怎麼會知道呢？如果選擇不聽完整張專輯。

因為這是我的同名專輯，我遺忘了其他歌曲的樣子，或者，只是不想前進。

而我忘了其實我早已聽過整張專輯。這是我最喜歡的一首。

卻未必是，最能代表我的一首歌曲。

回去花蓮

1.

那是第一次，我在花蓮找不到自己的家。

三十三歲那年，爸媽在群組跟我說，「我們要搬家了」。驚訝是當然的。位在美崙的房子，畢竟乘載了我超過三十年的人生。國小的後門則離家不到五百公尺，美崙國中近到讓我貪睡五分鐘騎腳踏車也不會遲到……就連我念了一年的花蓮高中，也是單車十分鐘的距離。第一個打工的地方在美崙知名的義式餐廳，踩著當時流行的滑板車就能上班；好友結婚的飯店就在港邊，騎機車十分鐘……說到花蓮港，我一向很驕傲的跟別人說，我家離海邊，走路就到啦。

一直到知道要搬家，我才意識到，美崙這個社區範圍裡，就是我人生第一個階段裡的記憶地圖。然後，我要離開了。

不知道是年紀使然，又或者是待在台北的時間漸長，對於這份離別，我一直沒有那麼多愁善感。老家是爸媽在住，我跟弟弟都到台北工作了，兩老要搬家，我一點意見都沒有，他們當然有權決定退休後的人生細節。

新家格局比較寬闊，一樓就有孝親房可以讓阿公阿嬤來住，離親戚家也近，說起來並不是一個超出想像的決定。但媽媽那句話，讓我想起，「是啊，那也是他們的記憶」。

有一天，我親耳聽到媽媽跟我說，對於搬家這件事，「我其實很不習慣」。

有些時候，以為自己不那麼在意的事情，會因為他人在共同記憶裡的感受，不自覺激發出自己逃避或躲藏著的心情。

事實上是用不上了的物品，即使不搬家，也應該清掉。為了保存記憶而荒廢著的物件，包括塵封的唱片，早就泛黃到難以閱讀的書本，已經不合身且洗壞的T恤，我居然記得每一個關於它們的情事。

總是在這樣詭異的情緒中，我又離開了這些雜物中的回憶，奔往台北，繼續抱著筆記型電腦到處寫作開會，手機因為工作來往的訊息而不停震動，在美食街一個人吃個太貴卻不得已的晚餐，深夜回到住處，怕自己停下來，打開電視看電影，或者泡在電玩裡，隔天又是另一個「似乎」忙碌的開始。「在台北，大家都把自己弄得很忙」，朋友看著臉書上各種活動表演，這樣跟我說著。

是啊。我曾以異鄉人的身分在這個大城市轉啊轉，以為自己還能保有一種距離感，直到坐捷運時不想再當沙丁魚，從A點到B點的移動中困在高架橋，走路出門又是施工，又有新的店面在裝潢，吃個早餐居然要排隊……曾經的咖啡店跟唱片行不在了，偶爾經過，那種惆悵有些尷尬。

唯一保持的習慣也變了調。出門一定帶著抗噪耳機，過去，晃蕩在逛不完的台北城，耳機寫著青春；如今，只純粹怕周遭吵，不想再被他人的行動干擾。戴上耳機閉上眼，我的腦海時常浮起花蓮的海。

原來我厭煩了台北，卻走不開。原來我想念的花蓮老家，意料之外，物換星移。難得假期，與當時的女友一起回花蓮休息幾天，媽媽要我們直接去住裝潢已差不多完成的新家，我沒有去過的未來的家。女友在後座幫我看導航，我在黑暗與相似的巷弄中，找著方向，有那麼一度，我覺得我永遠不會找到新家了……

靠著google導航找到的新家，在花蓮市區另一頭，我至今還是覺得沒能找到。

2.

從半堆著紙箱的老家書房裡醒來，呆坐了不知多久，時空開始運轉。有多少次我端坐在這床邊，做著各式各樣的事情。打開房門，沿著那摸黑也能走的階梯，騎上機車，習慣性的在巷口小心轉彎，去到花蓮港邊。艷陽高照，海風依舊，港邊的動靜依然，封存在那裡，最有變化的，是每天不同的海色漸層。

與花蓮出身的小說家前輩林宜澐聊天時，說到花蓮港邊的步道，樹陰之下，並不太熱，他說他總找個石頭長凳吃早餐，花蓮文化中心附近，確實是這樣啊，花蓮人的特權，對我們來說是習慣，不是浪漫。

叛逆期時，在港邊抽著菸想人生，拽著一本書，從港邊的中學蹺課，數數手中的零錢，去朋友那喝一杯六十元的義式濃縮咖啡，不懂世故的歲月，存在主義，是一片安靜的海。怎會想到，那份安靜，孕育了我，多年後竟以前輩的身分，回到花蓮高中擔任文學獎評審……

離開這幾年，花蓮有了新景象。縣長每年好大喜功的安排免費演唱會，我卻覺得無比厭倦，無謂的煙火，放給誰看？街頭上，服務觀光客的藝品店繁簡字體並陳，文青小店開始出現，我還是只想去老友的咖啡館喝一杯實在的東西。鬧區的星巴克到了假日大排長龍，藥妝店速食店運動用品店甚至百貨賣場，明顯供過於求，花蓮的許多事情看來「進步」了，我卻很迷惘。

幼年時，爸媽口中那些花蓮景象聽來曾像傳說，如今我也開始講屬於自己的「傳說」；想念起高中時結束營業的國聲戲院，不就像爸爸說他那年代的「美琪戲院」與「天祥戲院」嗎？回想小時候某個常吃的快餐店，後來被火一把給燒了，不就像爸爸跟我說那間總會招待小菜的外省小館嗎？

我還能夠以「花蓮人」的身分，「倚老賣老」的跟他人講花蓮事嗎？如果那已經不是現在的花蓮。

記憶細數，究竟是證明我是老花蓮，或是異鄉人呢？

已經沒辦法走著走著就到海邊了。

3.

是「回花蓮」，或是「去花蓮」呢？

剛來台北生活時，每次被問起，「你最近還有去花蓮嗎？」我一定會糾正，「不是去花蓮，我是回花蓮」。

本來就從那裡來的，怎麼會說「去」呢？

「回花蓮」的概念，隨著經歷與歲月，意義不停變動著。最初，台北只是個發洩青春期的城市，上來見朋友、逛書店、泡咖啡館，兩三天至多，就回到相對「貧瘠」許多的花蓮「鄉下」。大學休學後，我寄住在台北好友家，開始以文字工作者生活著，待在台北的時間從兩三天變成一兩週，一個月剩一半時間回到花蓮。

在那時候，回花蓮，多少為了省錢，住家裡吃家裡，出外也沒那麼多花費。在花蓮能做的「娛樂」不多，但我總有所準備：一大背包加上手提包，裡面滿是台北的收穫，雜誌書本唱片，帶回花蓮窩在朋友的店裡嗑。想起來，真瘋狂，那包包裡的書可能一帶十幾本，CD唱片也不會少過十張，不開玩笑，如果搭廉價航空，肯定要加行李費了。

大包小包的歸鄉路，偶爾穿著在台北買的新衣服，會被爸媽念，「衣服夠穿就好了」——台北跟花蓮，是「夠了」跟「永遠不夠」的差異。台北太多資源跟資訊了，挖不完。花蓮則是一切早已充足的歸處。若要理解為城鄉差距，漸漸的，我竟也同意。

電商時代興起，我在花蓮 7-11 領取書店包裹，打開是跟台北連鎖唱片行新貨一樣的唱片，我開始想，在花蓮，也沒有這麼大的差別嘛。但一到了台北，所有新鮮氣息跟著空氣竄進我渴求新知的腦，在溫州街附近書店跟誠品音樂館舊址，可以晃掉一整天。

台北「形而上」的空氣，曾是無比吸引人的，說到「真實」的空氣品質，身為花蓮人當然很難接受。一直到這幾年，對於台北盆地的濕熱與髒空氣，我「後知後覺」，開始難以忍受。心境變了，空氣也變了。

人也變了。但我依然有個花蓮可以「回」，不是「去」。我越來越覺得那是一種權柄，要不要回去，有沒有時間回去是一回事，但買張車票，花兩個多小時，嗯，就能「回去」。

其實「回」跟「去」連起來，也就說明了我在近四十歲的如今，對於花蓮的心情。究竟是回還是去，分界逐漸模糊……

從嶄新的火車站步出，輕鬆的散步，十分鐘後，到朋友咖啡館牽車，附近的租車公司又多開了幾家，飯店又換了名字。還好有適合散步、台北絕不可能有的乾淨空氣，總能磨合「回」與「去」之間的複雜。

習慣的回，浮躁的去，我「回去」花蓮。

不只是為了，一場相遇

跟Y初次相約，已是近二十年前的一個傍晚。

彼時借居在城市郊區的親戚家，每日聽音樂與寫作。聽似愜意，其實只為逃避學校與家鄉。高一休學後，打定主意，要在城市闖出一片天地，武器是文字，尚不知世間險惡與希望，想來真有其過於天真之處。

文學露出機會像個窄門，雖已有零散幾篇文章刊載於副刊、雜誌，然而，在社群媒體尚未風行時，要讓人見到自己的文字，其實很難。寫作者最直接的方式，就是開「部落格」（blog），選擇當時開始風行的

「PChome明日報」，夜以繼日，各類文體都寫，雜感、評論、小說……各種抒發，越是寫，越是擔憂自己能否真的成為一個作家，別無他法，只能更緊湊更焦慮的寫下去。

為了證明自己存在於世間的方式而寫，缺憾的自我認同，傲氣而寂寥的青春裡，孤寂已是不得不習慣的事情，在文字裡，在生活裡。偶爾希望世界也能看見自己，卻不知道該是被那個世界看到、被誰看到。

數位時代還沒真正來臨前，最先進的連絡方式，是電子郵件、BBS、電子聊天室。還沒有MSN或者雅虎即時通，在部落格的留言板上也能討論出一番天地。是那樣的際遇裡，輾轉遇見「神交」的朋友們。

收到Y寫來邀約見面的郵件，捏了整夜冷汗。Y不僅是我素敬重的樂評人，也是出版社的主編，來信裡的文字簡約、友善。隔日，依循電子信件裡的手機號碼，謹慎，近乎敬畏地撥出。另一頭是男人沉穩的聲音，頻率不高不低，好似這一個時刻他早已經有所準備。

Y挑了一間我沒去過的咖啡店，好吧，那時我去過的咖啡店也不多。在一座熱鬧大樓頂層，坐著電梯上到頂樓，從未如此俯瞰過台北車站周遭。咖啡店一旁是知名舞蹈教室。我換穿上房間裡最乾淨稱頭的衣物，一條卡其褲跟足球隊上衣，想來，真是隨意。我不知道進出那些場合該著什麼樣衣物，因為無知而沒有羞怯，故也非初生之犢不畏虎。

Y沉靜地坐在一只兩人對坐座位，不知怎地，我一眼就認出，我想是因為桌上他正在閱讀的音樂雜誌。

感謝那本音樂雜誌，瞬時拉近了我與他的空間，我的心情從拜見一位出版前輩，變成愛樂同好的親切聊天。我們都點雙份濃縮咖啡，是沒有預料到的好默契。

竟然就不知不覺的聊進夜色裡。Y有一種嚴肅的氣定神閒，使我感到安心，不擔心談話之中會產生間隙，或者話題之間自然的空檔。多數時候，我們聊愛團，最近聽的音樂，還有一些閱讀經驗。那時，我已把他當成人生中未曾遇上，卻總是期待著出現的老師。

幾年後，電影《成名在望》（Almost Famous）上映，情節來到資深酷樂評（電影中影射的是美國傳奇樂評人Lester Bangs）與小鎮搖滾少年走在一起談天說地的時候，我想起Y。是的，再怎麼早熟，都得透過一個威望與融洽感兼具的前輩，才能成為成熟的人。

後來的人生，我多次跟著、想起Y。更有交情、更熟悉後，他時常帶我去台北各地特色咖啡館，吃很棒的餐廳，聽很強的唱片。也送我小說、詩集，從不說「這你該看」，而是「我覺得你會有感覺」。他不想教導我，他想當朋友。雖然，一步步的，他提點了生命中我的必經茫然，從不過問我的孤獨過剩與恣妄輕狂，我感覺他一直珍惜那些我所原生的部分。但更多時候的機會與保護，Y也不吝嗇。這輩子，我打給他，幾句聊天，便約定帶我吃好的，大概也吃掉了他不少積蓄。「先吃飯」、「去喝咖啡」、「找個地方坐」，總是如此。

「你討厭自己那份青澀的『氣』，但那個是你最該保有的東西，一輩子那個『氣』都應該在。〈爆的獨白〉那樣的氣」。

進入三十歲，出了兩本書，我依然憤世，亟欲切割難以分辨的現實與真實。Y懂得那些忿恨與斷裂感，也懂我之所以如此，是本心難拒的複雜與急切，有時，我多希望他同仇敵愾，但他以冷靜，做為使我信賴的方式。在城市工作、居住一段時間後，他開始會問：「哪裡有好的咖啡店可以談事情？」問我能不能幫他買唱片，這微妙的置換，讓我對他更多敬意。遇過一些倚老賣老的前輩，開口閉口冷嘲熱諷，Y不僅值得尊敬，我知道他的真誠是謙遜與誠懇，那感覺不必問冷或暖，一直都在。關於人的風景來去，城市裡的一點一滴，總是比想像無情，能留下的，卻可以是此般真性情與給予。

我終於明白，該堅持的不是一時的位置，高度從來不因位置而生。這世界從來不理應留什麼位置給我，但我必須一直做下去，讓自己看起來被需要，被我所愛的事物需要。當一個過客，沒有關係，留下了什麼，是初衷的唯一理由。

我從他身上看見這些事物，彼此交換生命經驗，成為我看清自己的方式。有時我會想，他會怎麼想這個事情呢？便度過了一些關卡。雖然，Y可能從來不知道他給了我這份信心。

多年後，那些我與Y度過談話的場所，都已逐漸消失在台北城，但我與他的一期一會，很慶幸的，有緣亦有分。太容易感歎的消逝，是時間，作品，青春，和附帶著的一切，所能想到著悲傷多麼薄，無能理解的迴旋，不止息。

使那一切值得記起的人，在心靈緊急的每一時分，或能稍歇，坐下來，喝一杯，只為了相逢，向未盡的旅程致敬。看似「只是為了一場相遇」，其實，不只是為了一場相遇啊。

某一個酒吧的吧台、某一個居酒屋的小角落、某一個演唱會的台下暗處，我遇見、相約Y。時間綿延，需要理由。我們不常定期相聚，想到彼此時，卻總能有意無意的聯繫上。場合因人物而被記得，共同的感動造就了所謂情誼裡的共時。

直到那麼一天，當我不再問他，我該寫些什麼，他對我說：「如果明年底，有可能的話，來一部長篇小說吧。」我心頭一震，時空錯置，彷彿回到了初相遇的那個頂樓咖啡，那一小杯雙份濃縮，對坐的兩人，他早就預備好了想對我說的話，只把期望放在觀察之中，多年後，終於說出了這樣一句我等待已久，卻依舊措手不及的話。Y一直希望我能寫長篇小說，漸漸的我知道，漸漸的我也不那麼放在心上，是我懈怠了，而他等到了我能接受這份量的時機。

不只是為了，一場相遇。但必須遇得上，牽掛得著，方能理解，有一天，一切都有其理由，不早不遲，只消一場人生。即使尚未來臨，甚或終將不會來臨，有些事情，也能被理解。再怎麼樣，黑上衣、牛仔褲的Y，總會等待著我，在麥田的最邊緣，看望著始終未脫憤世的我。而我們第一回聊天的咖啡館，已成為快時尚品牌成衣賣場。是時候找一個新地方，我倆都還沒去過的所在，坐上一會兒吧。

擁擠的樂園

週末的城市，幾乎發燙，交通工具上，百貨賣場裡，大大小小的咖啡店家，酒吧，非必要時，能避開時，我總是不太出門。

這樣說來似乎有點傲嬌。若是可以不必在週末出門消費放鬆，大宴小酌，誰又真的想要成為沙丁魚或排隊的人潮其一呢？是啊，我就不需要擠時間。我是所謂自由接案者。

做為一個比較有「閒情」的接案者，我也曾上班，當然也能理解週末之所以如此。憋了五天的朝九晚五，再怎麼擠，即使擁擠到不能找到自己的棲身地，又或是趕著去市集，展覽，與朋友聚一場，喝一杯。「沸騰的都市，盲目的感情，say goodbye to the crowded paradise」，陳昇這樣唱。週末的城市確實像「擁擠的樂園」，那不得不的沸騰，不得不的盲目，向擁擠的樂園告別的人們，更多時候，擁有不必比較，唯真實的樣子，「回去」的樣子。

相對而言，我那令人「稱羨」的平日活動，卻時常是虛幻的。「平日」的概念，對接案者來說，也不能跟上班族們比擬：工作日，每一天都是。有時人家的假日是我的工作日，換算起來，平日是個概念，倒不是公平與否，而是生活的軌跡不同吧。

平日的公車路徑上，最時常遇見上市場買完菜的老奶奶，掛著運動帽好像正要去哪裡找同伴快走跑步的中老年男子。比較晚上班的族群整裝待發，又或是不知是蹺課或怎的各級同學們。總之，公車跑起來當然是輕盈而迅速的，司機與乘客的耐性，也比較足夠。

捷運上也是類似情境。偷得浮生半日的上班族，西裝沒換，幾個人就吃頓好的去了。情侶，噢，最多是情侶了，各自看手機，或者相互倚在對方肩上，穿著也説明「我們今天出來玩兒」，輕鬆多彩的便裝，潮流的帽子與鞋子，成雙成對。

剛開始來到這「擁擠的樂園」，平日我總是放大感官，細察那些腳步，與對話。甚至是安靜。我喜歡這樣的觀察，你知道，有餘裕之人總是最令人欽羨，不管那餘裕是時間，是愛情，是短暫的請假，或者金錢。

「平日再去吧」變成一個念頭，深植在腦海。來自花蓮的我，雖早已被台北馴化，面對排山倒海的人浪，還是覺得緊迫得可以。於是囉，年輕一點的我，沒錢，沒愛情，但有時間的餘裕，習慣找一間店待著，在那店附近晃著，然後，再找一間店待著，寫稿。聽起來奢侈得不得了，是吧？

尤其，當年從溫州街一帶打滾，平日是最美的了。溫州街真是充滿了各種有餘裕之人，平日雖並不特別寂靜，但各式各樣的餘裕，是我對於城市裡情感流連最深刻的印象。咖啡店永遠有八分滿，抽著香菸的作家，與朋友聊政治或音樂的一群學生，安靜讀著書的情侶，那確實是台北之所以為台北的景色。活著，不必是東京，不必是紐約，溫州街的咖啡店，唱片行與書店，很夠了。

「平日再去吧」，漸漸的，也被「打擊」。比方第一次去的店，剛好店休。以前沒法子查資訊，店休沒什麼對錯，就是使自己尷尬不已的閉門羹，大概要在那關上的門前待上一根菸的時間，腦子既打結，失望，覺得傻氣，想著「那要去哪呢？」以前，台北許多店家休週一，後來吃了幾次悶，終於注意週一的地雷。後來，各家店休似乎也評估了諸多考量，不想在別人休時自己也休，客人吃了悶還是有需求的，店還是得去，於是，有些改週三休，有些改週四休，有些改週二休，說著說著，五天也差不多都有店在休息了。肯定不會休息的是週末，這就微妙了。「平日去吧」有時候還不如「週末去吧」來得穩定呢。

當然，端看是想去哪兒，或是想要怎麼樣的時間感。非得去的地方，平日能去為佳，可有時也由不得。那麼，平日的時間感，深層一點說，是與自己共處。就算有伴有約，那還是個「事」，晃蕩於城市裡，有些時候也僅僅是孤單的隨行。就像週末時刻，人群包覆，那孤單也是可能發生的。

時間序裡，想要「平日」的鬆弛，某部分跟對於「週末狂歡」的欲求，在本質上，是相似的。調整得宜時，兩者兼可是都市魅力。失調時，平日裡，也在追尋著什麼吧？甚至，那份急切，像是更為擁擠的樂園。平日的焦躁，未必是閒情。

待在家，老想「趁著平日出門吧」，出了門，還是去那些地方。說來說去，根本無關平日，沒有普通，沒有恬淡。一切就關乎著歸屬吧。平日去的店，週末還是想去，知道會人滿為患，竟也調適了心情，加入「為患」的一員。平日有時，覺得今天好好安排一下，理出個小行程，趁著上班族都被鎖在苦悶裡頭，到處走走，到頭來，也就是悠晃了：都平日了，還趕著上哪呢？不是很矛盾嗎？

所謂日常，就是在這等矛盾下建構起的。歸屬也是。關乎心裡頭有沒有人，是情人，是朋友，是熟悉的店長。有時關乎的，是背得起的公車路線，是突然的晴突然的雨，是總以為終於能好整以暇的假象。在那裡頭，我的步伐被第三視角一一關切，寂靜無人的車廂也可能是焦躁的源頭，客滿的餐廳也可能剛好有位子。

保持一種清醒，屬於這座城市，卻又不能只屬於這座城市。保持一種清醒，把生存視為更為要緊的不悲不喜，保持一種清醒，讓音樂在那裡，每一段你所以為的平日裡。

不日常的平日，日常的假日，在清醒時，認出一張城市的臉龐，裡頭百感交集，像一雙踩過恍神與專注的鞋，穿了又穿，它舊了，你又何嘗不是。

保持清醒，為著其實是記著誰的名字，在時空更迭的都市裡，最後，你清醒，為著記起自己的名字。終究，無法，也不願，向擁擠的樂園告別。

新營市的馬修史卡德

高中一年級的寒假，照慣例回媽媽台南娘家，那時候外公外婆都在。逢年相聚，見到親友固然很好，但除了電視之外，沒什麼娛樂，帶回去的書跟CD頂不過兩天，我近乎哀求，請表弟帶我到市區晃晃……

說是市區，新營街道上沒有什麼店家好走逛，但比待在屋子裡舒心。看到那家金石堂的時候，還以為海市蜃樓。在裡頭轉了一小時，抱著幾本書而歸。其中兩本，是包在一起，特價合售的勞倫斯．卜洛克，《八百萬種死法》和《酒店關門之後》。

時間晚了，外公在樓下看著很大聲的布袋戲，其他孩子不是睡了，就玩紙牌遊戲。我扯開塑膠膜，先從《八百萬種死法》開始。那個高一，我開始看羅蘭巴特、卡繆跟卡爾維諾，腦海中充滿各種「寫作的零度」跟存在主義，對於「敘事」這碼事，幾乎要被形而上哲學給洗腦。我真的已經非常慣於看一個又一個，非線性敘事的故事。

《八百萬種死法》一棒把我的腦子轟出大牆，打了一支全壘打。如今想來，那個景況之下，真是天時地利人和：天時是無聊得要命，對閱讀故事很飢渴，地利是哪裡都沒得去，只能好好啃書，人和，大概是我內心稍微也有點受夠了羅蘭巴特那種文字結構性的探索……

沒想到這支全壘打會飛這麼高這麼遠。小說剩下不到五十頁時，我實在太焦慮「這本書就要讀完了怎麼辦啊」，於是翻到一半開始再讀一次……讀到最後一頁最後一句，內心既滿足又失落，幾年以後，才知道性愛也是這種感覺（歪掉了，抱歉）。

怎麼會有人把故事說得這麼迷人啊？合法嗎？

順著把《酒店關門之後》嗑完，也很棒，但《八百萬種死法》作為「初戀」，顯然已有不可取代的地位。後來能買就買、能借就借、能讀就讀，追了一本又一本的「馬修史卡德」系列。無論是頹廢或者新生，無論他戒酒成效如何，無論他看到的是幽魂還是屍體，我內心從此住了一個馬修史卡德，一個坐在酒吧的時間比探案時間還多的「私家偵探」。

剛過千禧年時候，台灣掀起一股馬修史卡德再版熱潮。那時是一題文青必答。我追完了所有可以追的馬修史卡德，決定試試看卜洛克的其他系列，完全不行，適應失調。我真的只愛馬修史卡德。

那股對於故事敘述的飢餓感，閱讀的快感，進入一個宇宙的美感洗禮，從新營市區買下特價雙冊後，我才真的知道，好喜歡這種「說故事」的感覺。但我也不特別喜歡其他古典偵探小說，想起來，我就是愛馬修史卡德這個角色愛得要死。這種閱讀經驗，後來也在格雷安．葛林《哈瓦那特派員》、雷蒙．錢德勒《漫長的告別》嘗過。啊，還有詹姆士．艾洛伊的《絕命之鄉》……

所以，原來我喜歡的是硬派偵探小說。在我因為文學研究而哲學過頭的時段裡，是這些故事把我拉回到地板上。但我根本還沒去過酒吧，也不可能知道酒癮是什麼（呃，後來知道了），事實上，馬修史卡德系列裡的每一個場景，我都無法實際具象化，可能就是因為這樣，這些故事比《挪威的森林》更讓我覺得具象（請原諒我的胡亂譬喻）——無論怎麼說，馬修史卡德就是一個中年男子，他在承受的事情跟他堅持的事情，看起來都如此的「沒什麼」，有些角色，包括他自己，雖不是厭世，但似乎隨時會離開世間，也沒人會特別記得，可是，那不就是真實的人生嗎……就像米蘭．昆德拉在《身分》裡的最後一景，永遠比他的其他作品來得震撼我一樣。那就是該死的愛情，那就是「情人視角」裡最完蛋也最美的一切。

多年後，我坐在一個酒吧外頭格外空蕩的吸菸室，跟友人說起這段往事。突然想起來，應該是威士忌的緣故。喜歡馬修史卡德，肯定是心照不宣，我說了新營金石堂的回憶，對方則要我猜猜看，他最喜歡的是哪一本？

我自以為是的舉了一堆，沒想到答案是最好猜到的《酒店關門之後》。最好猜，其實就是最不好猜的一本，馬修史卡德的情節也一樣，沒什麼你猜不到的事情，但你不會強迫自己去猜，就只想跟他在吧台掙扎，從喝到掛掉到去戒酒協會交朋友，然後再來一次。

那天早上，喝到六點。回家時，我拿了《大眠》放床頭，就著冰米漿，開啟。讀完了，外頭的天光亮到不可思議，不就是早上八點嗎？突然想起，馬修史卡德常常續杯的咖啡，到底是什麼味道啊？綾野剛跟淺野忠信在日劇《漫長的告別》怎麼會演得那麼優雅又揪心？如果是湯米·李瓊斯演《行過死蔭之地》應該比連恩·尼遜適合吧？突然的，斷片睡著了。

也該睡了，喝了一整晚呢。

數著球員名字入睡的夜晚們

做為台灣人，喜歡棒球天經地義。

然而，有那麼一些狂熱到把看球當成職業的球迷，會在行事曆上寫滿重要賽事，以免錯過直播；為了看不同時區的比賽而自動調整作息，導致作息更亂；深夜裡打開賽事重播，不小心就看到了黎明升起；賽事不漏接於是辦了三個以上的體育 app 付費帳號，接著因此去辦一支螢幕比較大的手機（接著還會因而買 iPad）。

這種人我很熟，比方說，我自己。

我甚至可以透過情神跟極其有限的對話，來分辨同類。聚會裡最安靜，但一提起球賽眼神一亮的陌生人；重大比賽當日，會排除萬難，在會議或應酬裡用手機偷看比數的低頭族；明明只是餐廳的電視剛好在播球賽，席間幾個球迷眼神的專注程度，讓旁人以為是什麼世界大賽。

輸了就不能睡

一九九二年巴塞隆納奧運，銀牌之戰，八歲的我第一次深夜看棒球。接下來，我應該要如數家珍的告訴各位，當時的我有多麼興奮，不過，比賽後段時，我已經彌留了，對一個孩子來說，時差是很可怕的，拿下最後一個日本打者時，我唯一的想法是「贏了就可以睡了吧」，以睡眠的角度出發，好像以為，輸了就不能睡覺了。

棒球比賽耗時不短，三小時起跳是自然。熬夜看棒球的孩子真的無比興奮：泡麵，點心，中華隊，不用被趕去睡，球賽直播，一切的一切，是一種榮寵。前五局我還是很清醒的。隔天全國報紙的頭條都是銀牌新聞，我第一次感覺到，原來似夢非夢的比賽過程，曾經在現實發生。這是我人生第一次對於「共時」有了微妙的概念，雖然要多年後，我才了解神秘感受的原委。

若是想起當年資訊流通的不發達，舉國的凝聚力，「衛星畫面」傳送到電視，偶有瑕疵的畫質，球賽直播的概念……隔天一覺起來，似乎人人都看了那場比賽，巴塞隆納變成一個很熟悉的城市名字。其中確實有時間證明的解碼之道。

爸媽一直到我小學念到五年級，家裡才裝了「第四台」，那時候我已經瘋棒球瘋很久了。那麼，小學五年級之前，作為一個只有在每週末下午，看得到華視播送職棒比賽的孩子來說，這些日子裡我是怎麼「度過」的？

早年的職棒，很少有電視直播這件事情。跟如今多重管道相比，「直播」本來就是奢侈而不可得的事情。我相信所有不在大城市生長的球迷，必然具備想像的天賦。

「紙上談兵」

首先最重要的是報紙。當時體育報紙《民生報》和《大成報》對孩子們根本是珍饈，幸好我家裡時常有媽媽從辦公室帶回來的「伴手」，得以一個人獨享《大成報》，加上爸爸愛看報，家裡訂了兩份日報，我回家第一件事，就是看體育版。

日報體育版大概三至四張，職棒消息至少一張，《大成報》與《民生報》當然更多版面。那幾張報紙，我專心閱讀的程度「望眼欲穿」——望到紙真的會「穿破」。比賽細節倒背如流，所有紀錄與對戰，明日預告先發投手，腦海全部演練數次，是的，是「演」。從報紙斗大標題開始，我的幻想小宇宙開啟，浮現的是昨天比賽可能的場景，模擬出勝敗的滋味與氣息。

就因為是想像，比賽的一舉一動，都比真實還真實，偶爾加上廣播收音機的轉播，彷彿可以呼吸到球場的土壤，投手出手之前的眼神，擊球員揮棒落空的「咻」，觀眾幾近瘋狂的吶喊，盜壘者撲上二壘的塵土飛揚……「紙上談兵」的能力，多少練就我對文字與畫面的連結能力。或者說，瞎掰的能力。

就那幾張報紙，少少的比賽紀錄，自己演很大，是人生裡第一個幻想練習，拿著玩具手套，猜想今天先發投手的拿手球路，小小的手握住棒球縫線，其實沒有那麼大的力氣可以丟出去，但即使只是跟弟弟傳接球，好像就擁有了腦海畫面的印證。

三商虎

三商虎隊在職棒元年得到上半季冠軍，全台相關企業大折扣，花蓮唯一一家百貨正是三商。媽媽帶著我躬逢其盛，我看中了許多職棒商品，眼花撩亂，最後，抱了一個三商虎吉祥物造型存錢筒回家。這只存錢筒，至今還在老家。

要小孩子喜歡上一支球隊，超級簡單，略施小惠即可。那個存錢筒，三商百貨的歡慶氛圍，還有「芝蘭口香糖」——對喜歡職棒的人來說，芝蘭就是球員卡的代名詞，剛好我抽到的幾張「大咖」，都是虎隊的大明星。自然而然，「虎迷魂」就形成了。那時比賽還沒有逐場直播，但喜歡的球隊拿冠軍的感覺真的很特別。

那也是三商虎隊隊史唯一一次拿下冠軍。三商百貨在國中時撤離花蓮，三商虎隊於一九九九年解散。差不多的時間，我家有了第四台。我喜歡的球隊命帶苦情，球迷也一直是四隊中比較少的。我以為會就此影響對職棒的愛，但是並沒有。作為虎迷，我了解了一件事：沒有支持的球隊，還是可以愛棒球（我身邊的龍迷朋友，在味全解散後，就沒那麼好調適了）。

在足球狂熱區域，如歐洲，有一種說法是，「你生下來就是某隊球迷」。你的父母親、社區、朋友之間的聯繫，造就了「沒得選」的球迷魂。這事情從來不講求「公平」，更重地緣與歷史，一旦被「指腹為婚」，成為了某隊球迷，人生就此跟著球隊精神共同體。回到三商虎隊，我不確定，是不是因為虎迷蠻「邊緣」，造就了我對於「支持的球隊不會是贏家也無妨」的坦然以對。

叛逆的揮擊

二〇〇一年，世界盃棒球賽在台灣進行，我進入叛逆期，從高中休學。心底唯一跟世界願意和解的部分，是棒球狂熱。

二〇〇三年亞錦賽，高志綱一擊把台灣送進奧運，二〇〇八北京奧運輸給中國，二〇一三世界棒球經典賽，在複賽跟日本鏖戰到延長賽才敗陣。人生許多記憶，以棒球重要賽事作為基準。討厭這個世界的同時，在這些時刻裡，還是跟社會緊密結合，是不是因為那樣，我的青年成長，沒那麼孤單。我的憤恨與不滿，在九局的球賽裡，耐心的經歷了一個又一個回合。棒球不限時間，二十七個出局數，就是必須一個一個解決。不知道在經歷了人生的第幾局時，我終於發現，終究是一個又一個回合，這樣的過程，不能趕，也無法更晚。

二十歲我才第一次踏進球場。坐在內野，眼前是綠色的草皮，曾在電視上，曾在夢裡，千百回，如記憶基底的顏色，在現場果然不一樣啊。真的有那麼不一樣嗎？正當我這樣想著，球員們從休息室魚貫走進場內，現場響起歡呼聲……我定睛看著白色的壘包，這一刻總是來得太晚，卻依然夢幻，時間最無情之處，莫過於此。不合時宜的我，經歷了那些最瘋迷的時光，如今。

食夢獸

此後有機會，我時常進場看球。職棒受到簽賭案影響，人氣大為下滑的黑暗期，場內時常不到一千人，買一張票，可以佔掉三四個座位；在外野可以用躺的。早年的榮景我沒有親身體驗，摩肩擦踵是電視畫面。這樣說也許有點自我安慰，但在那沒什麼人關注比賽的日子裡，球場裡的安靜，擊球出去的「哐」，球進手套的「趴」聲響，都無比巨大。很多時候我也不那麼在意球賽過程，只是想更貼近那綠地與紅土一些些，真實地聽進那些聲音，告慰記憶。

從小時候開始，我就有睡眠問題。睡不著時，會細數曾經用廣播聽過的球賽，在報紙上「看過」的球賽，想想當天的球員陣容與比賽紀錄，越古早的比賽，記憶越清楚。這是老人癡呆的傾向吧？又抑或，我的記憶，因為特別真實而並不是事實的錯誤，在當年沒有足夠的資訊輔助訂正，反而成為了夢裡最美好的一場球賽。一如現在，我會找出老舊的比賽影片，在睡前播放，原來記錯了什麼，原來自己多添加了什麼，原來……

就這樣子不知怎的睡著了，那一場又一場未完成的球賽，就讓時間流，就讓我用一個個夢境作為出局數，讓每一場球賽，吃掉浮生亂世，吃掉我的未眠夜。

新埔站的小房間

高中休學後，我去了幾個城市，借住於親友家。至今非常感謝他們，對我的學業挫敗不做過問，安我一房，讓我可以睡覺。

尤其是新埔站的阿姨。阿姨提供的房間，對一個青少年來說，夠大了。桌子可以放台手提音響，堆一些書刊，放上一台在當時仍稱得上奢侈品的筆記型電腦（是跟人借來的）。白天，在外頭晃蕩的時間多，往往逛到不得不搭上末班藍線捷運，深夜了，才回到這房裡。

房間在七樓，每天，我幾乎都背著一大背包，上上下下。白天下樓時，有城市冒險的雀躍，回住處時則慢慢的走，想著等等上樓要寫的題目，或者今日的見聞。在初期，我是那樣在台北寫作的。筆記型電腦很重，不常背出門，外頭抄寫胡亂的筆記，返住處再行整理。

早上出門，時常前往中山站「米朗琪」，該店當時仍相當單純，跟日後甜品店是兩個世界。店長每日駐吧台，替客人沖煮咖啡，瀰漫濃厚日式咖啡館的氣質。許多看起來有閒情而上了年紀的人們，圍著長長的吧台閱讀報紙或輕聲交談。

一杯咖啡，我喝很久，主要喜歡那樣與人分享城市早晨，卻又不匆忙的感受。荷包行有餘力時，偶爾吃點東西，續杯咖啡。別人讀報我讀書本，一早上讀個兩三本，近乎囫圇吞棗的節奏。

店裡放的往往是不干擾的音樂，老爵士音樂或者古典樂皆有。有時我也自己拿出隨聲聽，用我的背景音樂，調和著與我又近又遠的世界。

幾張CD，隨身聽跟電池，這又可以再解釋我背包的重量了。至今我仍記得，穿進中山站附近的光線，我耳中的英國搖滾，吧台裡外，熟客與老闆的交談畫面，和那些仍相當具份量的報紙。

出了店門，熱天買一瓶冰水，冷天買一罐熱飲，在中山站旁的長凳上坐上好一陣子。多數時抽菸發呆，有時繼續剛剛的閱讀。望著行人來去，或者只是幾隻自在玩耍的麻雀。

對青少年來說，最奢侈的是悠哉。過了好幾年，我毛毛躁躁的在曾有憧憬如今不耐的城市街路，想起，啊，其實悠哉始終是最為奢侈的事情哪。

晃蕩一日，今天是溫州街或是敦南誠品呢？是真善美戲院與周遭唱片行呢？還是就乾脆捷運坐遠一點，去另一個剛聽說很厲害的地方？書店，唱片行，電影院，千禧年，台北的文化風景，櫥窗購物。如何結束這樣充實的一日？人生景況沒有進入喝一杯深夜的小酒的時刻，也沒有去營業超過末班車時間的咖啡店，對我來說，一張有效的捷運悠遊卡是最重要的，趕捷運也是。沒別的，就是回到那新埔站的房間，獨處，讀書、聽音樂……

是人生裡難得兼具好奇心與沉澱的時刻吧。梳理一日的汗水與心思，幸運的放進今日想了半天才買的唱片，只憑藉側標和名氣就下手的刺激開獎，癱坐在床邊，把還沒讀完的雜誌拿出來，或者打開電腦。那時的房間，沒有上網方法，半夜的話，到樓下對面還算友善的網咖，跟不小心混熟的店員預定老位子，掛上鐘點，拿一碗蔥燒牛肉泡麵吃。

只有那個時期，真心認為，阿姨讓給我的房間好大，睡醒時，周遭都是我喜愛的事物，按下play，音樂就來，外頭厚重黑框小小電視，可以看球賽，頂樓可出露天陽台發呆。沒什麼餘裕，幾件衣服洗好輪替穿，倒也無妨。留中長髮，髮蠟可以用很久。床頭不是手機，而是總習慣睡前閱讀的書，有時是楊牧《一首詩的誕生》，有時是米蘭．昆德拉《緩慢》，大致就兩者其一。

房間養成了一個青年對於熱愛之事物的堅固，從來就不只是嗜趣或晃蕩，是修行的意念。過了好幾年，當我自己租屋，「有了自己的地方」，總是格外思念那個房間。我當然親自再去看過，時移人心，房間其實簡單，能在城市裡有棲身之處的我，卻始終始終是感激。台北充滿快速與養分，但沒有自己的地方，心會很辛苦。

搬了幾次家，重新佈置時，都想起那新埔站出來走十五分鐘的頂樓，幽暗的騎樓，一步步踏上狹窄的樓梯，樓梯裡是我播放著太大聲的耳機音樂，打開頂樓的門，躡腳走進那扇短暫卻充滿歸屬的木門，凌亂而熟悉的空間裡，城市，話說回來，其實是這麼回事。燈不會關上，書讀著讀著就睡了，醒來，日光燈呆滯，像在跟我抱怨，「怎麼又是你呢」。是的，又是我。關上燈總是出門時，夜裡，蒼白的長燈管兩只，映照著我的音樂，與漸漸模糊在書頁裡的眼。一整夜。

我在這裡生長成台北的樣子。離開校園，開始社會。與新朋友聚會，後來成為老朋友。憑藉各種方法，賺了一點點小錢，買了比較多唱片與T恤，每一天都真的是新的，也是舊的，使我於慘綠中欣喜切換。是一個神奇而無限大的房間哪。會不會，在城市的哪裡，也有人正歷經著這樣的過程，忘記物理的空間，專注於野生的自己，以及其後的事情。我相信如此。「一代人終將老去，但總有人正年輕」。

「黑色的不是夜晚　是漫長的孤單
看腳下一片黑暗　望頭頂星光璀璨

歎世萬物皆可盼　唯真愛最短暫
失去的永不復返　世守恆而今倍還
搖旗吶喊的熱情　攜光陰漸遠去
人世間悲喜爛劇　晝夜輪播不停
紛飛的濫情男女　情仇愛恨別離
一代人終將老去　但總有人正年輕」

——刺蝟樂隊，〈火車駛向雲外，夢安魂於九霄〉

再會，楊牧先生

「使用詩的創作去追求美麗壯嚴的人格，或和諧平安的世界，在我覺得，是可行的。」

（節錄於《北斗行》後記，楊牧，一九七七）

本來，我也想要引用一段楊牧先生的詩，作為文章的開頭。但，我決定邀請各位，包括我自己，用最簡明的方式，記得他曾清晰說過的話。楊牧先生對文學的相信，根據於高濃度的人文主義，這份相信，並不是那麼艱澀。

每一個階段裡，你的楊牧

楊牧先生是最難以成為的作家典範。首先，很難找到在兩種以上之文類都成為經典的作家；再者，也只有極少作者，能將中西美學脈絡，完整且完美化成自身風格。還有一件最重要的事情，是他的信仰，他對美的相信，對詩的信仰，對文學的信仰，從最早期到最近期，始終沒有改變。他仍然尖銳的提問，保有純真的方式，用最博學的可能，運算出屬於自己、屬於時代的文字抒情。

有些讀者下意識覺得他的文學「困難」且「具有門檻」，尤其後期詩作，語韻與形式上都不是如此「易食」。不過，喜歡楊牧的讀者們具有一種特殊權柄：你可以在任何一個階段裡，找尋到你所喜愛的楊牧，其作品之多元廣泛，不怕你讀，只怕你沒時間讀……於是你和這些作品脈絡一起成長，這個脈絡不必然要是線性的。作品會等著你，只要你相信文學，只要你相信一位，如楊牧這樣的作者。

他是一位真正理解「詩」與「歌」之間有什麼秘密關聯的作家。有時候，他以詩韻歌，有時寫成散文，有時候用歌的角度去看詩。在楊牧先生的世界裡，少有事情只有單一面向。

即使他最為人所知的主題，「花蓮」，也充滿許多面向。

楊牧，花蓮，還有我

楊牧先生離世那天傍晚，花蓮下起一場雨，雨滴細微綿密，在逐漸變色的夜空裡，如透明流星，滴落在身上，卻不至於惱人，亦不需要急忙閃避……我真實深信，這樣一場恰如其分的雨，是故鄉對於楊牧先生的致意。楊牧先生，永遠的花蓮之子，不只作為地緣上的情份，也從無數作品裡，將故鄉一次又一次的翻轉、呈現，若不識楊牧筆下的花蓮，花蓮培養出的作家們，便沒有了文學的根本。

夜雨尚未真正洶湧，那一刻，我的心情因為人剛好待在花蓮，感到無比複雜。在這樣遺憾的時刻裡，幸好我待在花蓮，情感得以完全連結，同時，又極為惋惜，如果不在花蓮，是否不會這麼的傷感？

作為花蓮出生的孩子，試圖與文學建立起關係的過程裡，有那麼兩次，我與楊牧先生無比靠近。雖然，那兩次，我其實沒有真正的見到楊牧先生，但在作品裡，見過他千百回。

高一入學，校刊社要做「花蓮高中作家特輯」，選了九名校友作家作為企劃，我主動要求負責楊牧先生的部分，當時對於詩的好奇，正要開啟，最喜愛的一本書，是楊牧先生所翻譯的《葉慈詩選》。學校特地讓我們能夠訂購圖書館裡欠缺的項目，當我拿到盡可能完整的書籍時，突然眼前一黑，被自己的不自量力給打暈：即使只讀皮毛，這些作品怎麼可能在一學期裡讀完呢？

努力成為夠格的「學弟」

從一開始接手這個企劃，從來就沒有把它想成只是「校刊」規模的事情。我真真切切的花了課內課外的時間，一本一本的嗑這些作品。大概就在千禧年附近，《疑神》第五版發行的夏天。閱讀楊牧的過程，有意無意，替我打了一個無比堅固的基底：抒情。漸漸的，我才發現，很多關於抒情的真實理解，是從楊牧的文字與結構開始的。

高中的我，所試著理解的楊牧，當然是冰山一角，但從那些理解中，我除了敬意，也產生了情感連結。要過了好些年，在試圖書寫時間與生命時，帶我到純粹美感的文學影響，竟不是我所以為的那些西洋現代主義文學，而是開始回顧到讀楊牧的日子。其中的抒情，面向之廣大，視野之遼闊，在文字裡卻又能夠如此精練，充滿音樂性……

彼時的我，初出茅廬，自詡為「深受存在主義影響」的作者，當然曾經囫圇吞棗，把西方近代思潮與美學當成尚方寶劍。讀了楊牧作品，發現一種真正難以企及的高度：兼併中西的能力。他翻譯，飽讀西洋神學、史學與詩，並且將它們適切的，轉化成為中文的語境，安置在散文與詩的創作之中。文學世界裡，無論理解、詮釋或轉譯，少有人能望其項背。這件事情教會我思考，再怎麼西化，終究是要使用中文書寫，文字的傳達與洗鍊，才是一切。

高中一役，是我脫離體制前，最感謝學校的事。楊牧先生曾寫過的太平洋與青年歲月，雖多半人事已非（如花蓮港的「白燈塔」），但我確實也看著同一片海成長，如果連看個海都能與有榮焉，作為一個小小的仰慕者，也非常滿足了。我從來不敢想像有膽識在楊牧先生面前說「我是您高中學弟」。沒想到，後來因有機會在「洪範書店」出書，能再一次有機會，當楊牧先生的「學弟」……

溫柔堅定的十年再會

最後一回遇到楊牧先生，是在花蓮「太平洋詩歌節」，另一次，是某個小小的座談，已忘了切確因緣際會，而我居然舉手發問……

那一次的發問，連結到了《他們在島嶼寫作》系列電影的緣分。跟許多人一樣，透過紀錄片，我第一次看見這麼私密而親近的楊牧先生。後來有幸接到邀請，問是否能夠替電影發行的DVD寫「作家小傳」時，我踟躕很久，非常不安：知道自己想要做這件事，但我能做得好嗎？這可不是編另一本校刊，這將會永久流傳在所有喜愛楊牧的讀者手上……

甚至包括楊牧先生本人啊！

文章完成於二〇一〇年，離我高中「狂讀」楊牧作品，距離正好十年。十年後的我，有點狼狽地發現，其實我並沒有比十年前的自己理解更多楊牧。又或者，換個方式說吧，我終於開始理解到，當年因文字與閱讀歷練不足而無法盡情體會的作品，至今仍遠比我所想像的更深邃，更多樣，更隱晦也更純真。為了完成這一篇「作家小傳」，我大概有一個月的時間，都在胃潰瘍，一度想要放棄，多次覺得自己根本不配寫字。然後，我想到了那僅此一回，向楊牧老師提問的記憶。

楊牧先生的堅定與溫柔，同時使我難忘。他並不用很艱澀的詞彙回答我，卻說了很深刻的理解，並且給我很直接的文學建議。就像他的作品裡，即使再怎麼樣博大精深，也總是有著抒情的慰藉與理解。

抒情時代裡最後一位偉大的詩人

時至今日，當我們談論抒情，我們談論的是什麼呢？如果問我，楊牧先生成就了什麼樣的價值，我認為就是抒情。而且，是作為一股強大力量的抒情。

抒情從來不必服務某一種情懷，而應該直接成為一種力量。無論在哪一個階段，楊牧先生都堅定的使用這股力量，如煉金師，一再的提煉與打磨，直到這一份「楊牧的抒情」，成為華語文學世界裡面最堅韌的一道牆。

因為有這樣一堵牆，現代詩與散文，甚至戲劇與翻譯，都能從古今中外的養分裡，得到慰藉與保護，得到倚靠，得以仰望所有「時光命題」，所有「完整的寓言」，所有的「星圖」……那堵堅固的牆，讓我們可以永遠重回奇萊山腳，再見一眼傳說雲煙；可以永遠在「一首詩的完成」之前，當一個最有福氣的學生；可以穿越時空，回到仍自稱「葉珊」的青年作家身邊，與他一起惆悵、一起質問、一起美麗。

楊牧先生是我這個時代裡，最偉大的一位抒情詩人。我雖寧願相信，文學終將再有來者，能承襲精神，再創抒情的新格局。但同時，對我來說，楊牧先生的去世，等於結束了某一個特定的抒情年代。這麼說來，他絕對是抒情時代裡最後一位偉大的詩人。

願我們都有更多的耐心與決心，面對文學，不因為時空背景的改變而輕易抹煞信念，如果有幸能站在那壯闊的肩上，細數八十載的真善美，還有許多經典，永遠善意的等待著我們。謝謝你，楊牧先生。

貝斯手的毛帽

我跟貝斯手約在冬天的一個下午。

每次相約，貝斯手總是遲到，我無所謂，畢竟他是這個國家最忙碌的貝斯手。

實在不想再進去咖啡館。於是在外頭公園抽菸等，很多長凳，聽音樂等著。大概聽了半張專輯，隨機播放，也忘了是哪一張。天氣難得舒服，不太有著這城的潮濕，躺下好了，後來，居然睡著。

矇矓中被喚起，貝斯手用手拍我。一時間雙眼模糊，頭隱約疼。太累不能睡，一睡就不起。「你還好吧？」我還好。「天氣不錯，我去拿個東西，坐這裡吧。」

當然好。

惺忪起身望向他的身影，嗯，哪裡怪怪的？

貝斯手非常浪漫，天南地北，我大概也是，幸好兩人頻率相近，不太脫序。聊音樂，聊人生價值，社會議題與各自的工作。總是很直接的對話。貝斯手是個明星，幾次隨意地穿梭於攤販，一開始我還替他擔心，「不會啦，我都這樣啊。也去坐捷運去隨便晃，不會有事的啦。」我很確定不是我多心，但他開心就好。「出個門都要遮遮掩掩，人生也太痛苦。」

師大附中附近麵攤是他最愛（但多半已改建成好大喜功的建物），一次跟去，貝斯手流露出幸福的表情，雖然早過而立，我卻時常感覺他孩子氣，「這種小店最好了，不會變。」半夜在一個小酒館，我非常確定他會被認出來，被認出來就算了，他還去跟人家相認。真言不總是需要酒精，我們的個性都不太怕得罪人。「出來做事就是要被譙的」，這是他告訴我的道理，一語成讖。

我至今不太清楚為何他對我如此親切。只能想，我是個「機車」的人，身為明星，貝斯手不是很常有機會，聽到「機車」的人，講外面的事情。他不是在意，純粹好奇，很認真的好奇。

頭兩次見面我說過幾次「欸我以前根本沒有喜歡你們的音樂」，他居然，很高興，表示沒差。大概我是個善類，不是匪類，這可以分辨。貝斯手其實超級聰明。真話難聽真相傷心，我沒有讓他傷心過（？），但我講話真不是好聽。幾次有機會看到他在舞台上，才開始有點「喔，真的是明星」——不是因為歡呼尖叫，是他對演出的投入，誰不知道累得要命，但他知道自己該做什麼，很專業。

一回找他，前一天我怕堵不到人，先打電話說我會一直在後台，「太好了！拜託你來堵！」下台，他全身濕透，工作人員遞水遞毛巾遞衣服，「不用不用……讓它自己乾……啊啊我的菸咧？」最在意的東西，居然一時沒有，「沒關係！我看到陳玠安了！」——我要堵他，當然不是去遞菸，不過，他想要跟我擋幾根都沒問題啊，他敢抽我也才敢抽，找了一個小角落，「好就這邊啦！」

回到公園之約，我們聊進傍晚。「你知道我為什麼要坐這邊嗎？在計程車上我丟了毛帽，想說坐在這邊，搞不好司機在不遠處發現，會幫我送回來……」

呃，這不太可能發生吧。他的眼睛不時望著剛下車的地方。我知道那是他的「定番帽」，啊再買不就好了？「真的希望他可以送回來給我耶，賭一把嘛。我的頭比較大，毛帽不好買……」我有點驚訝，這應該是小事吧，即將要去一堆國家演出，不可能買不到適合的毛帽啊。我終於沒多說，就看著他的神情，這是我所認識的貝斯手。終於知道剛哪裡怪了，他沒戴毛帽啊！今天。

「下週去度假。沒去過西雅圖啊……」我毫不留情：你不要再度假了！演出狀態正值成熟，此刻不練，進步待何時？「那你覺得我要去哪？」就去紐奧良啊！下北澤啊！自己的貝斯都不要帶，人家給什麼你用什麼，沒有人知道你是誰，就去練，去 jam 啊！

想來我講這些也狂妄了一點。

他回馬檜猛一問：「那你呢？你想去哪裡？」

「我想去將軍島，聽說居民很少風很大什麼都沒有，每天有一班飛機可到。」他困惑一下，最後丟了一句：「那就趕快去啊！」

直到聊天結束，時間也晚了，解散時，毛帽沒有被送回。那個下午，他落寞難掩的神情，單純得令人難以忘懷。

不知道下次見面是什麼時候了，但，依然會是很棒的聊天吧。

就像是最重要的小事。

聲音紡織機

1.

二〇〇五年的某一天，被一通電話告知，將受知名創作歌手雷光夏之邀，上「聲音紡織機」電台節目。

那時我二十歲，剛出版了第一本書。

後來，我才知道，這「宣傳行程」並非由出版社提出要求，而是光夏特別指定，找了我的編輯，進行邀訪。

是到很後來，才知道這個原委，這令人感動的事。更加感恩的，是後來十餘年的時間裡，多次有機會再訪光夏，與她的「聲音紡織機」。

2.

從我現在的租屋之處，搭公車就可以抵達「台北愛樂電台」。車程頂多十五分鐘，卻由於前述種種奔騰又內斂的情感，乘車的過程，份外迷離、幽微。無論窗外晴雨，都有折射，記憶翻騰，情感濃烈。

「有些東西，一直沒有消失，只是你，離去了而已。」

這是「聲音紡織機」的節目片頭，也是常駐於我創作、聆樂內心的一句話。它甚至不只是一句話，而涵括了所有我對於一個美好分享的概念，即便其中也有必然的孤寂悵然。

當然，我時常在進錄音間前後，想起第一次來到這裡的時光。亦師亦友的出版社編輯帶我「上通告」，我們約在古亭站，坐了一段計程車，在印象裡，那段路程似乎特別的遠。不，那也是被揉過的光景片羽，直到我下了節目，還能感受。

此後，光夏時不時會來找我，「玠安，輪到你囉，來放放喜歡的音樂吧」。

去「聲音紡織機」的經驗，總是這般難以言說，像一場揉了揉眼睛，知道睡過頭，仍想繼續做的好夢。最重要的原因，當然是與主持人雷光夏的來往。光夏是一個冷靜形象的人，卻總是帶給我非常療癒的感受：輕聲細語、適當的提問、善解人意的回應、打從心底的，用洗鍊的語言，融入歌曲的討論。加上這節目一向是現場錄音，那份不宜失誤，卻又輕鬆的感官經驗，就這樣相伴我十多年。每一次都像是完成了一個作品。

就跟光夏的音樂作品一樣。伴隨著所有的離去，而終於因為音樂而獲得的來時路。

從我二十歲，光夏看著我「長大」，平時並無刻意來往，卻總能在一年節目裡相遇數次，歌曲之間聊近況，看似略顯疏離，實則默契難得。光夏與她的「聲音紡織機」，成為刻記我人生歷程的關鍵接點。

3.

在總是無人煙的一樓，按了電梯，再按電台的門鈴，彎過白光籠罩的OA隔間，經過愛樂電台辦公室，走入直播間，門一開，迎來的是溫暖的黃色檯燈光線，而光夏總是似乎已在那裡等候許久，即使我有時遲到，她從來沒有任何急忙或不耐，以她獨有的低調開心方式，喚我一聲「嗨」。十年多過去，那聲呼喚，永遠不失優雅與細膩，只更增熟悉與明白。

在「聲音紡織機」，光夏從來不規定我的歌單，從不設限我的介紹。百分之百自由發揮。越是如此自由，我越是要珍惜機會，認真準備。好像某種夢想中的「教練」，光夏好奇於我的歌單，就像我也好奇她會怎麼聊這些歌曲。主持人與來賓的心境有時互換，倒也無妨。有時不小心說多了話，偏了音樂的題目，我們也就講到文學、電影、生活種種，在那個魔幻空間裡，我們的談話直直赤裸的放送出去，但卻無比安心，談到哪，都沒關係喔。

漸漸的，我準備歌單的心情也不太一樣。從非常執著於要放什麼歌曲，到後來更隨興、本能的分享，除了想要帶給聽眾訊息，我更期待跟光夏之間對於歌曲播放前後的互動。

當然啦，我也不可能忘記，我一直是她的樂迷。早年略有「僭越」之詞，好像自己放得太鬆，但光夏從來不以為意，我雖不刻意提起她的創作對我的影響，但有那麼些時刻，我忍不住對偶像的崇仰之情，說了「其實這讓我想起光夏的……」只見她總有些不好意思，卻也侃侃而談，我喜歡那種氛圍，好像我偷到了某些秘密，而忘了全世界其實也正在收聽著直播呢。羞赧的，其實是我……

幸運的，也是我。

4.

談話重要，音樂也是。某一次節目，光夏整理了固定來賓們的喜好曲目，提到我時，放了英國樂團 Elbow 的〈Weightless〉。萬分感動是必然，我不在的現場，光夏再次給了我聲音紡織機「麥田捕手」的稱呼（我實在擔當不起，但又喜歡這形容，就讓我擁有特許的虛榮吧），在城市一角，戴著耳機，聽那首人生裡唯一一次別人「點播」給我的私藏愛歌。那首歌我是熟悉得不得了了，但聽別人播給我，怎麼會這麼特別？連歌詞裡的感受，都融進了關於聲音紡織機的所有想念。

「嘿
你看起來
與我並無不同
而我們看起來
與他也沒有不同

時間差不多了
他跟你一樣
都在無重力狀態裡
在我懷裡
他沒有重力……」

簡白的歌詞，真實對應著我對「聲音紡織機」的情感。在節目裡外，也曾多次感覺被音樂與談話擁入懷中，無重力。能有幾次這樣的體驗，在萬分現實的現實裡，以無重力的狀態，遁入充滿愛與光的漂浮。像是救贖感的體驗，在人生裡越來越少，在這裡，這份無重力知覺裡，我仍能以幸福的方式感應救贖。幸福，我多麼不常使用的詞彙呀。

知我者如光夏呀。

而我不禁想，我是多麼幸運能被欽點為常駐來賓，光夏說我「麥田捕手」，人生能有幾次，被如此認定，甚至說得上是肯定，甚至是來自雷光夏呢？我又是多麼幸運，遇見一位老師，無論什麼樣子的來往，她的風範與樣貌總是我最打從心底欽慕的一種樣式：再怎麼樣有默契，她畢竟都是那一位我如此喜愛的音樂人。直到如今，想起我正在與一位美妙的創作者互動談天，這是什麼樣的緣分，使我得以相信一些寂靜裡的力量呢。

無重力的，也可以在這裡，成為那個守望者。其實我只是守望自己，卻變成別人的麥田捕手。就像光夏那句歌詞「是為了要拯救自己，卻成了別人的天使」（〈別人的天使〉）。

5.

曾有那麼一次，一陣子沒見到她，上節目之前的準備，我意外寫下一段文字，附在歌單裡給光夏。那一個夜裡，我在一個城市邊境窄小的雅房裡，歷經人生最窮苦失意的階段，每天聽著光夏的〈原諒〉。

「夜空亮起你的星星　顏色多美麗
而我的星球自行旋轉　將離你遠去
我卻原諒了你　像海洋原諒了魚
潮水在月光下流動著語言說
我已原諒了你」

即使在最緊迫之時，我依然落下淚來，但卻不是因為悲傷憤怒，是有些討厭自己，居然能被一首歌給書寫，諸多的不平，終究與原諒有關，雖然我的星球自轉，卻像海洋原諒了魚。而我既是海洋，也是魚。

那份備忘，可能是我生命裡寫過最突然而簡單的傷感、最悲壯的細語。但我知道，光夏能懂。我也只想與她說。「那晚我寫下原諒，聽著原諒。」

又一次，當我收到光夏的來訊，自動自發努力準備歌單，帶進錄音室，「聲音紡織機」，如此織就了我人生裡的斷裂，聽光夏的音樂或節目，我是一個乖順聽故事的孩子。到了節目上，那個魔幻的黃色檯燈光，始終沒有變，充滿了令我想要訴說故事的氛圍……

有一些時候，你不宜細說太多，怕他人不懂，怕自己太過。「聲音紡織機」是我的出口，我不曾以為自己已經到達想像的邊際，感謝神，感謝光夏，其實我已穿越了許多次。邊際外還有邊際，而我們有音樂守望著。我們可以無重力的感恩與原諒，不顯窘挫。

錄音間的 **on air** 的燈亮起，時間就此停駐。

6.

幾次機會，居然也有了替光夏代班主持的經驗。現場播出總是使人難免緊張，即使後來電台經驗較多了，仍深怕「砸了」光夏的招牌。

越來越明白，許多隱性的聽眾，在每一個週日下午的三到五點，憑藉著「聲音紡織機」，得到寬慰。光夏的樂迷／聽友，跟她本人一樣，低調，但堅定。

代班時，我也「學習」光夏，時常找來自己的音樂品味好友，共度迷幻時光。與其他電台經驗不同，光夏的節目裡，快慢的適切，可以協調、自在。像是一種能夠專心的介質，無論是音樂或談話，作為代班主持人，我體會到這個節目的精神。

當然，更多時候，作為來賓，我更是充滿信任感的把自己交給光夏、交給時空。代班時的壓力也逐漸不那麼大，畢竟，「聲音紡織機」從各個方面來說，都可以不那麼遵照電台常理，能有更多的琢磨，在準備之時，在進行之時。

非常幸運的代班經驗。想要朗誦就朗誦，想要放很長的歌曲也沒問題，也不需要對於來賓緊迫盯人，保留一種流動感即可。

感謝來賓們，感謝光夏。感謝即使是代班主持人，仍耐心收聽，共享光陰的聽眾。

7.

那個光夏口中的黑色大衣慘綠「麥田捕手」，終究經歷了更多的人生深刻體驗。於是，每一次去，都會跟光夏聊到近況裡的複雜。她總不厭其煩的加入話題，誠摯聆聽著。

於是上節目，對我來說，分成了兩塊時間。介紹歌曲的時間，以及聽歌關麥克風時的談天。

那些談天，給了我生命的緩和，帶著歌曲，也帶著心事，在「聲音紡織機」。

有些時候，也能聽到光夏談她的近況，創作也好，生活也好，友誼之中，好像有了特別的默契。於是，當她決定把演唱會「昨天晚上，我夢見你」的文字統籌交給我，真是對於默契的無比認同，對我的認同，造就我另一次的難忘機遇。

「聲音紡織機」是一個節目，也是我對光夏的綜合認識。作為樂迷與朋友，她所編寫的創作與記憶，的確透過了各種樣式的聲音，織就了許多閃亮的成果，歌曲、演出，時代裡的嘗試與記述。從我尚未認識她開始，光夏一直在這麼做著。至今依然。產量或許不大，卻每每印烙人心，成為時代的刻畫。

如果，能在這樣的創作者心中，作為一個「麥田捕手」存在著，我也算是不枉此生。想想，我所守望的，其實是自己的救贖。透過這些救贖，我使用文字，而光夏是最能讀懂我的人。

那麼，如果我是麥田捕手，盡力用文字，去接住因不適應主流世界而迷茫、遺散的人們，「聲音紡織機」的主人，又是什麼樣的存在呢？

其實不必多想。她就是雷光夏。就像當年，她的第一張專輯名稱，

《我是雷光夏》。

而她早已在許多人心中，驗證了自身。我想，當然也包括她自己。

8.

又一次「聲音紡織機」的錄音時光，我搭上車，前往東興路，愛樂電台。

一旁的家樂福已停業多時。附近開了一家二次元味道濃厚的咖啡館。無人便利商店也出現了。

這次我們的音樂不再轉檔案，直接用串流播放。

on air 的燈再一次亮起，熟悉的片頭播送著。

這個下午的三到五點，你也在某處經歷著變與不變，聽著我們的聊天與音樂嗎？

「有些事情，一直沒有消失，只是，你遠離了而已。

聲音紡織機，編織你的想像邊際。」

奮死唱片行

那個週日，我搭車前往中壢，剛好遇上外籍移工的某節日，月台上滿出來的人，著實嚇了我一大跳。

下了火車站，經過人潮，走到離火車站只有三分鐘路程，位於中平路上的「奮死唱片行」，遇見一位站在樓下的陌生人，他喝著啤酒，我抽了一根菸，沉默過了一分鐘，我們才……

「你是來聽講座的嗎？」

「對啊，你是……陳……」

「對我是陳……」

就這樣，我跟這位老兄聊了英倫搖滾跟他身上的 Joy Division T恤，還有中壢的一些事情。

「這條街就有點學西門町那樣啦！」

看似熱鬧的街上，我跟剛認識的朋友一起搭電梯到三樓，展開近乎魔幻的冒險之旅。這是我第一次在外地的唱片行講座。

一進「奮死唱片行」，我就明白了，這個名字的由來。真是不需多解釋，從店裡的音樂到唱片擺設的方式，牆上地上滿滿的搖滾樂佈置……真的很久沒有在唱片沒落的時代裡，看到這樣一個所在。老闆身上穿著布勒樂團香港演唱會的T恤，一邊替入場的客人安排座位與飲料。

說「太酷了」實在過時，但真的好酷。老闆跟我親切問候，帶我走進唱片行附設的小咖啡吧，像一個 lounge 的存在，比起唱片行，這個

lounge更是「本格」、「硬派」：昏暗的燈光下，英國國旗沙發，老舊電視機裡的演唱會影像（甚至是錄影帶），牆上密密麻麻的海報，桌上是為了今日講座特別擺出來的CD跟黑膠。完美了，這下子。原來房間有著名字：Groupies Room。

我坐在一個類似吧台的地方（平常大概是出飲料的），打開平板，測試音響（能夠用Marshall的音箱來講英倫搖滾簡直太幸福）。不知不覺，眼前就移進滿滿的人。雖然不到誇張，但也已經爆棚了。

是這樣的，我在台北很多地方策劃或自己講過講座，除了「風和日麗唱片行」那一次，從未感覺過這間房間的氣氛：有台下的熱切，自己的興奮，還有超大杯的美式咖啡（老闆後來又給了我一杯，根本喝不完，那杯子實在有夠大，可比啤酒杯……），我本來希望有麥克風，因自己向來講話低沉，沒想到那天竟然也不需要了，心情亢奮，拉開嗓門，叫賣式的，跟台下互動。

那互動，是真的有「互」，也有「動」，不是講講「分享」、「互動」這樣空泛的概念。不管問台下什麼，都有回應，我一講出一些英倫搖滾關鍵字，台下還會小歡呼！這對講者來講，夫復何求。

有這樣的機會，是奮死唱片行的老闆以臉書訊息敲我，他長期關注我經營的英倫搖滾講古專頁「LIFE Britpop」，店內有不少英搖的珍藏與現貨，我一時沒多想，馬上就答應，後來請老闆傳一些店內唱片的照片給我，才赫然驚覺，這裡實在是英倫搖滾樂迷的天堂啊！很多品項，可能到英國連鎖唱片或者網路上都買不到，是老闆特意去搜，刻意去進貨的，此等用心，讓我前往與準備的過程，更覺信心。果然，台下的同好們，也都相當厲害。沒有特意的QA，隨時跟台下的大家聊起天來，都是一個個超棒的音樂人生故事。

有一半的聽眾，是從外地來的，不管是因為喜歡奮死唱片行，或者是喜歡英倫搖滾，我都非常感動。即使在中壢的朋友，願意為了這樣一個專門的題目前來，我滿心感激。

沒想到的是，會後大家熱絡的模樣：有人「按圖索驥」帶了CD走，有人在店內流連，有些熟客，包括那位在樓下跟我相認的大哥，竟扮演起《失戀排行榜》（High Fidelity）裡的風格勸敗店員！

「這張一定要買啦，經典。才多少錢，我看看……便宜啦，買這張等於買到精華再精華……」

「這個團，知道嗎？聽過名字？不行啦！我叫老闆放給你聽，這個要買啦！」

「有沒有，剛剛講的，九〇年代，英國的小團，這個真的正點……」

老闆一邊大聲放著滿屋BBC的英倫搖滾合輯，開心結帳（那天講座相關商品九折）之餘不忘告訴大家，他接下來也會進一些好東西……包括要替樂迷直接團購 Radiohead 樂團的周邊商品（但只是代訂，沒有賺價差……）。

我的記憶中，自從西門町的「IMPO唱片」結束後，此情此景，只在瘋狂搖滾電影或小說中有，看著猶豫於綠洲合唱團不同版本間的年輕人，不騙你，我真的看見多年前的自己。

就因為想要沉浸在這其中，我也延遲了回台北的時間，一直拖到晚間十一點多，才走到三分鐘路程外的車站，這時，思緒才冷靜下來，經歷過的熱忱，原來可以帶給我這麼大的能量，這麼純粹，只跟喜歡音樂有關。大家彼此不認識，但說上兩句，都在同一國裡。

已和老闆約好，再去講一次，把這個講座當系列。中壢其實一點也不遠，或說，奮死唱片行，一點也不遠。那曾經照映你心的追憶似水搖滾，現在還活生生的存在著。鮮明的程度就像老闆請我吃的芒果冰，超級讚。

不過幾個月，我又到奮死辦講座，後來，變成了生活中的一部分。與老闆也成為不需要芒果冰就很讚的莫逆之交。不只是對於音樂的品味交換，更多瑣碎的、「閨蜜」與「兄弟」之間的情誼，就此展開。

如果那時沒有答應去中壢，我的人生會少掉很多事物吧？

其實我從未這樣想過，奮死唱片行已化身為我對於唱片行、音樂資訊與挖掘收藏的集合，不需杞人憂天，我就這樣欣然接受這般美好之事，發生在我身上。

這份幸運，永不會叫我失望。

規律的不規律

開始寫作以來，我就知道，自己不可能成為像村上春樹那樣規律的作者。

癡呆的望著文書軟體，空白一片，卻規定自己必須要擠，是最痛苦的事情。就算真的寫出來，也步履蹣跚，腦手分離。

坐定著，幾點到幾點寫完，功課完成，今日到此結束，這樣的事情，對我而言是惡夢。行為本身使人焦慮，過程也讓自己覺得像個失敗者。

像做菜時，準備好了所有食材，油也下鍋，萬事俱備，但腦海一片空白的廚師。

像樂團已經就位，麥克風與樂器都接好了，但是，沒有歌要唱。

像莫名其妙在滿壘時，還沒熱身就被叫上場的投手。

多麼的乾涸。

所以我先挑一首歌，或一張專輯，反覆的聽。打開 twitter 看各種體育新聞，不管時間多接近截稿期限，都不去想是否寫得出來。或者打開球賽頻道，看個半場……一邊飲入大量咖啡。一直到血液中的放鬆與緊繃調配成「那來試試看吧」，這一下手就從頭到尾，不會中斷。而音樂多半還是停在初初聽的那一首歌或專輯（是靠著這樣的旋律迴旋來統整腦海中片段紛雜的一切），簡單來說，我的寫作很「散漫」，很不規律，完全憑藉腎上腺素，或者濃密的心底黑暗對白。

幾點寫到幾點，然後去吃紅酒跟義大利麵聽爵士樂，這實在太像是上班了。其實，我更像上班。出門幾乎帶著輕薄筆電，很怕隨時腎上腺素來了要噴發，年紀越大，記性越差，過二十五歲後，必須想到就要寫，而且是至少寫一段概要，不能只是筆記本上的memo。不帶筆電，也帶平板，最極端的是，也用手機寫稿過。有些高潮來了不能拖，就算對著手機語音輸入也要寫出個大概。

我也是被咖啡館豢養的人，一定覺得很羨慕吧，「去咖啡館工作」聽起來超愉悅的。是因為在家真的寫不太出來，比方說在台北，我的家不是家，只是個睡覺休息的地方，在稠密的人群中找尋最專注的方式，你別以為人多就不寂寥，人多才寂寥呢。但那就是我所需要的疏離感，當旁人也在做自己的事情，聊天看書上網看書看手機，都似乎跟我無關，我只是分享了一個活生生有呼吸的空間，但我跟他們的呼吸節奏不需要一樣。

也幸好，我有些朋友都開店。他們的開店時間，其實就是我的「上工時間」。這麼說來，也是另一種規律。A從早上開到傍晚，B從中午開到晚上，C從晚上開到半夜，好像是排班。我習慣在習慣的咖啡店工作，其中人來人往的如常。店裡不吵就聽聽音樂被放出來，店裡吵，就戴耳機。

談到耳機，來說說物件吧。我的日常物件，最重要的是耳機。出門一般而言會帶兩隻。最重要的一組是頭罩式的英國大廠M牌可供監聽用耳機，不管在配戴舒適度或者低音勻稱上，皆是搖滾樂迷的逸品，抗噪絕佳。其好收納的程度讓我總是帶著跑。另外兩組是入耳式，防止M牌耳機掛掉備用。後來為了方便，在背包放了無線耳機。

最近的好夥伴是卡帶隨身聽。長得很工業風的可愛小玩意，近一年來，開始搜集卡式錄音帶，所以也偶爾帶上卡帶隨身聽。卡帶聲音窸窸窣窣，是一種懷舊與童年感。是某種保護。以前最開始寫作時，大概是國高中，會以卡帶正反面的時間來算自己寫了多少跟多久，啪的一聲，翻面，哦，時間過了這麼一段。

於是，出門時，我是習慣帶一堆東西的雜瑣之人。後背包，可放電腦，可以夾一些外套之類的物件，另個則是肩背包，裡面就是耳機，行動電源，手機線材，錢包跟藥品。久了，也就習慣了一堆東西，其實是我並不算細心的人，乾脆放包包，提了就走。常常有朋友以為我要出遠門，其實我只是去咖啡館。

寫作時，我的怪癖之一，是無法穿著得太隨便。內衣短褲是絕對不行的，即使在家，也會套上像樣的衣服，讓自己進入上工狀態，多半是黑色，黑色給我保護的感覺，以及隱密。寫作所需要的，就是一種安全感，而非規律，音樂給我安全感，衣著也是。如果穿得很不對勁或凌亂，我會完全無法寫作，這大概是某種分離焦慮症吧。

若在花蓮，我習慣騎一段車，在看得到山或海的地方停下，看著貓狗經過，想一下今天要做什麼，或者不做什麼。有時候去看人打網球，然後窩到咖啡館寫作。大小不一的咖啡館，也給我不同的習性與模式，今天這東西適合在大一點的空間或秘密一點，各有不同。去咖啡館時點的東西大概都一樣。這點，挺規律的。

於台北搭公車，前往的路線也很規律。我喜歡公車多於捷運，可以認識路。我可以在外面混整天，什麼也沒寫，只隨意看資料。有時候明A稿件比較急，但還是先寫了B，總是有辦法搞定的，就隨心意吧。那麼自己的創作，又不太一樣，我會去買無印良品的空白漫畫本，像分鏡一樣寫下就節奏與段落，最後都成為看不懂當時在想什麼的鬼畫符，但至少寫的過程內心會有畫面，因為記憶力不算差，只是瑣碎罷了，重點是過程的思考跟統合吧。

寫不出任何東西時，我把自己關在浴室，浴室不大，沒有泡澡的空間，或者對蓮蓬頭唱歌之類的。我就只是在馬桶上，一種疲憊的放空與各種思考交錯的行為。一待可能就是半小時，自言自語。或者望著牆上的剪報，發傻。文字接案人的日常驚悚，就是在提款機前，螢幕顯示餘額的時刻。文字行情與支應生活之間，這是最為日常的日常了吧。在自助洗衣時，望著衣物它們奮力轉啊轉，一邊用平板看球賽，要烘的時候忘記拿起不能烘的。想著，啊，什麼時候可以充滿勇氣的忘記稿費進款的煩惱呢，可能永遠都沒有這麼一天吧，洗衣機轉啊轉，我也就在極為日常的煩惱中，接下了這一篇日常的稿子。

一樣嗎

「一樣嗎？」

最近時常早起，晚睡則依然晚睡。起來時，總是模糊模糊的看著電視上的NBA球賽，刪除電子郵件裡的垃圾信，過了約莫一個小時，空腹的感覺就浮現了。需要吃早餐的時候，走下樓，轉個巷口，去到一家看似普通到不能再普通的早餐店。

沒有華麗的招牌，沒有花俏的品項，一對老夫妻經營著，最近加入了兒子一家。剛搬來時吃過一次，記憶裡是油煙跟經過便坐下來聊天的阿伯阿桑們。可能我點錯東西了，沒有留下太好的印象。後來偶然再去，吃到了驚為天人的蛋餅，從此，若上午有起床，便拿著一杯咖啡去到店裡吃蛋餅。（抱歉的是，店裡的飲料我實在無法接受。很老式的紅茶奶茶等基本款，太甜了。）

老夫妻快要可以做我阿公阿嬤的歲數了，可能因為有在經營小店，神色看起來倒是毫無老態，精神抖擻。我每次都點一樣的餐食，幾次後，他們也認得出我，「一樣嗎？」對，一樣，謝謝。

「一樣嗎？」是很迷人的模式。在熟悉的店家，不管是咖啡館、酒館或者餐廳，也包括早餐店，什麼都不用想不用說，點個頭就可以的默契，在來往人群裡，使人心靜。在廉價的桌布與明顯有年歲的透明塑膠墊上面，我吃著「一樣嗎」，耳裡傳來各種聊天，多數時候是倍感親切的台語，也有老夫妻詢問年輕客人近況的部分。聊選舉，聊附近房地產，聊影劇新聞，什麼都聊。多數時候我很喜歡聽別人聊天（只要不是在文青咖啡館裡頭），於是這個過程總能讓我的腦筋稍微打開一些。

我也會去拿報紙來看，好像不是先看內容，而是「原來報紙現在是長這樣」。一樣還是看體育版。有一天，吃完付帳，跟老夫妻點個頭說再見，我才想起，是不是有一些原因，讓我這個嚮往新穎的人願意乖乖坐在這裡，進行一個很簡單很懷念的儀式呢？

小學到國中階段，花蓮老家附近有一家早餐店，販賣燒餅油條與基本西式餐點，我跟弟弟時常坐在簡單設於騎樓的椅子上，看著主廚阿嬤，用不鏽鋼夾子熟練的在美耐皿大碗中打著蛋。那家店很特別，不僅離學校近，且使用木柴燒灶，故燒餅與饅頭生意特別好。有一天，阿嬤說要收店了，身體太累做不下去，而且對她來說，這事情本來就做身體健康，跟家境沒有關係。現在經過那個轉角，我依然記憶猶新。

回到台北這個巷口。有次聽阿桑說「我們也是很拚在撐這個店面！這附近的小孩子我們都看著長大，還有很多客人都是好久的朋友了！不然實在是不用做。」一對欸，我這才想起，這附近的店面地，很貴，轉租率高，做吃的又很辛苦，老夫妻要是早點退休，光把店面租出去就夠安享天年。這麼想，便覺得感謝。一個社區總需要一兩家這種店，它包含了一切「社區」的理解。

儘管我還是沒有加入聊天，有時候也跟老夫妻開始有了簡單對話。有那麼一兩個週日夜顛倒，沒去「報到」，他們也問我去了哪裡怎麼不見人影。我開始有點擔心，哪天沒有這家店，是不是又會少了一塊什麼。而那份招牌蛋餅的味道，正是我小時候吃到的滋味。也可能是記憶作祟，也可能是人情味，但我怎樣都覺得，「啊，就是這個酥脆」。不知道豪邁使用美耐皿餐具打蛋的阿嬤，現在過得好嗎？

輯二

將唱針放上……

Put the stylus on......

關於音樂場景，看他人精挑細選，或者隨興之所至，將黑膠唱片放上唱機，而唱針緩緩移動，接觸到膠片的那一刻。

我特別喜歡音樂來臨之前，唱針摩擦著黑膠，那滋滋作響的細微聲音。有點步履蹣跚，但沒過多久，便找到了歌曲的軌道。空氣中充滿了單聲道的味道。

這一面的黑膠音樂結束了，又聽見那摩擦聲，才感覺到，嗯，音樂暫時停止了呢。

如果說，是為了那樣的微小摩擦，而更確定聽音樂的感受，也不為過。

無論這一面再聽一次，或者翻面聽，唱針摩擦，像是替我預備了心情。

許多情感，也像是這樣的。太過精細，便失去了期待與體會。

我不尋求完美的音樂體驗，我喜歡的是，凡事必有其過程。

把搖滾樂大聲的放出來吧

那年夏天的熱氣，也跟今年一樣。或者，有一些夏天太過清晰，於是，每一個夏天，都像是某個夏天。

也可能是，記憶裡的夏天，能被譜寫成為搖滾樂，永存在每一個聲響裡，供我辨認讀取，讓我不合時宜。並且，大聲的播放著。

1.

高雄，我極度陌生的城市，那一年，跟E一起前往。說來慚愧，為的是我的事情：大學推薦甄試面試。申請上了幾所南部學校，對於大學從來懵懂無想法，只覺得要跟Ｅ一起公路遠行，很開心。Ｅ是我最好的朋友，也是高雄人，加上心地善良，便自願擔任我名為「升學」實則玩要的嚮導。

一路往南，我們在車內大聲放著搖滾樂：那個還需要ＣＤ的年代，車上總是宛如行動唱片行，多帶一點，以免自己突然想聽些什麼。青春不扼腕，搖滾樂可以是理由。白天換了一輪英國搖滾，蜿蜒的路裡隨著Post Rock走進夜裡，路感覺特別的大，當下也是。如今閉起眼，我仍可想見那些穿越縱谷的Mew，經過台東的Sigur Rós，還有進入屏東的Coldplay。彷佛人生裡，至少配樂可以自我定奪，有時隨背景的吉他聲，逕自大聊特聊，有時只是靜靜地一起聽歌曲。

我終究沒有去念那幾所學校，雖然甄試過程順利，而我只是記得，這些放得很大聲的搖滾樂，以及路上風景。我們去到了E的家鄉，從未來到這所鎮上的我，聽著E說起人生故事，如何在這裡成長，從哪裡到哪裡曾是他的必經路徑，手上還提著電影海報搭上沒有位子的火車，我甚至得以見到他的青春小房裡的書籍與收藏。E受到了城市太多「污染」，我一直難以想像他是南方的孩子，直到這些故事，使我瞧見一位摯友純樸的臉龐。

車上幾乎永遠有著音樂。充滿了旋律，充滿了吉他間奏跟嘈雜的緩飆。再來一回都未必能有的青春樣貌，人生剪影像是一點也不浮誇的旋律，能透過音響，而不只是耳機，一起共享。在我那些沒有什麼同齡朋友的成長裡，E和搖滾樂，是我唯一也最深刻的交往。多年後，這段夏日，我總是想起Doves的專輯名稱《The Last Broadcast》（最後廣播），這一趟連靈魂都熱切的公路之旅，是我變成大人之前的「最後廣播」。E帶我去高雄市中心，逛了極盛一時的「潮牌」，買了幾件T恤，即使已經穿不下，我仍收藏且記得他們的印花樣式。那潮牌在前些年，結束了台灣的門市。

你知道事情總會變得沒那麼有趣，幸好我曾穿著那些印花，聞起來像青春。還有E。

2.

從海濱幕張電車站通往海洋棒球場的路程，其實沒那麼遠，但陽光毒辣，我跟L繞錯了路，那橋，走起來比看起來更像一回事。

Summer Sonic，二〇一六年，名單一公佈，L特別喜愛的Radiohead參戰確定，刷了機票，二話不說，說走就走。我刷得比L更篤定，大概是那時我剛好沒事，一方面知道他想去，便從中慫恿。

換個場景，我們已經在場館裡看著還非常生澀的 Blossoms，順便在同一個舞台看到了 METAFIVE，然後就累垮了。如果不是我說睡就睡，L應該不至於睡在場館裡的休憩區（也就是一堆從「前夜祭」看到今天，席地而坐的日本人們，算不上什麼休憩區）。醒來之後，恍如隔世，買了 Paul Smith 與音樂節的聯名T，吃喝了炒麵跟運動飲料，我們往棒球場移動，去看 Radiohead。

有一半的觀眾已經在棒球場裡佔好位子，另一半則是衝著前一團 Sakanaction 而來，我有幸在夕陽下「撿到」最後兩首 Sakanaction，已算心滿意足，圓夢之旅終於來到盡頭，無止境人潮湧入，我第一次感覺到，其實日本人做場地人流，也有很大的問題……

周遭的粉絲太瘋狂了，哭的，跳舞的，尖叫的，低頭做自我儀式的……夾雜著各種語言（跟汗水）的歡呼聲不停。我除了深思自己是否太冷靜，一方面遙想著有冷氣的 Suede 場次，但都來不及了。然後，Radiohead 唱了〈Creep〉。

Radiohead 唱了〈Creep〉。

這趟旅程，再也無須多說。今年 Summer Sonic 因為疫情延辦，挑選了六場史上經典場次，其中一場，便是我跟 L 去的 2016 Radiohead。鐵腿算什麼，我們從經典中活了過來。

那天，海洋球場的風特別柔順，因為颱風就要襲擊東京，這款暴風雨前的寧靜，果然是夏天才有的本事。

我跟 L 最終因為改班機而狼狽離開日本，遍體疲憊，在機場睡。當我點開那場 Radiohead 的 YouTube 影片，有累，也有清風吹撫，還有〈Creep〉。

搖滾樂大聲的放了出來，在心裡與記憶，無限迴響，直到永無停歇。

3.

一個簡單的步驟：上了公車，去喝咖啡。

在L開的店裡，往往不太需要聽耳機。

「從音響大聲的放出來，原來是這麼好聽！」

默默地也過了好幾年，可能是二十週年或十週年的專輯了，已經多久沒有放出來聽了。還有另外一張，永遠也是。

滾石樂團（The Rolling Stones）膾炙人口的名曲，唱著〈You can't always get what you want〉（你不可能總是得償所望）。是的，得償所望，從來不是人生常規。然而，身邊能有個好友，一起聽大聲放出來的搖滾樂，物會換星會移，人而為人，寧可尷尬也不必抱歉，像夏天裡卡在衣服裡的汗水。即使尷尬，也會留下感情，複雜而未解的情緒。

你會知道沒關係。事情不會全變好。夏天還會來，但再也不一樣。這一刻，我回到了池上聽見 Sigur Rós，我回到了海洋球場聽見 Radiohead 的吉他手 Johnny Greenwood 刷出名曲的和弦。這一刻，我只想坐在這裡，喝一杯濃縮加冰塊，安然地，聽這一下午的搖滾樂。

在 Hosono House 遇見細野晴臣

還算友善的細雨突然兇惡起來，得找個地方窩窩躲躲了。異國街道，雨水的露霧中，帶有溫馨燈光的招牌，寫著「Hosono House」。

屋子內微略昏暗，剛剛好讓人放鬆的色調。坐上了單人沙發，前方擺了菸灰缸與菜單。但首先讓我注意到的，是音樂。〈CHOO CHOO ガタゴト〉（Choo Choo Gatagoto），在《Hosono House》專輯裡，我最喜歡的一首歌，黑膠唱片的音質透著整間木造房子，細野晴臣正在曲子末端喃喃吟唱。

跟侍者要了熱的黑咖啡跟牛奶，舒服地鑽進沙發裡，香菸的霧氣在〈終わりの季節〉裡，伴隨著長笛的音色，愜意又憂愁，為什麼這麼美好的歌曲裡，鄉愁能如此濃烈呢？

因為這是 Hosono House，一個隨時庇蔭鄉愁之人的所在。浸過雪莉桶的鄉村／草根搖滾，加了日式惆悵的靈魂音樂，時間小偷一般的迷幻音色……節奏組跟旋律的對話像是懸疑但安逸的夢一場，嬉皮們穿越了空間跑到跟前，紛紛變回了青少年。而民謠，那對極了的民謠之聲，讓所有可以溫存的事情，全都鬆軟的堆疊在一塊兒，融會貫通了世界上所有的弛放語彙，只單純的對著你唱。洋派，但也極為和式。一進來，你就不想離開這屋子，不管你從哪個年代走來，無論你是哪一種音樂的愛好者。這就是 Hosono House。

細野晴臣，那位從一九七三年走來的魔笛手，將記憶點引而起，縈繞在未來，迴盪在過去，每一張作品，都把時空變成一趟趟全新的奇幻旅程。我們每一個人，都下意識的，願意跟著他走。

我來到唱機前面，望著唱片轉啊轉，把牛奶加進咖啡，攪拌攪拌，一陣陣溫熱，外頭的雨聽來，轉速四十五，所有的我，已經安全，安寧了。音樂放完了，唱針歸位，走來一位換唱片的大叔，嗯，應該說是爺爺……

他挑著唱片，一邊問我：「你喜歡剛剛的音樂嗎？」

太喜歡了。太喜歡了。

「那你也會喜歡這個吧。」

是《Tropical Dandy》。細野晴臣一九七五年的專輯，那扭捏著魔力的鼓聲獨奏一下，隨即跟上可愛軟Q的吉他，男女對唱，「細野晴臣最棒了！」我忍不住感嘆。

爺爺起身轉向我，似笑非笑的說：「是嗎？」

當然是啊！這裡不是Hosono House嗎？你也一定很喜歡這裡，才會用細野晴臣的專輯替店裡命名吧！

他依然似笑非笑。看向一個定點，似乎想著深遠的事情。

那一個瞬間，我從爺爺的側臉看見了細野晴臣，在《Hosono House》專輯封面上的神韻。別誤會，我沒有撞見鬼魂，只是，當年的他跟現在，依然有相似之處呢！可能只是一個細微的表情裡，聽著音樂的眼神。

不知哪來的冒失跟勇氣，我把唱盤給暫停了下來。

「細野先生，是你對吧！是你！」

老先生悠悠的再次換上《Hosono House》，響起的是〈ろっか・ばい・まい・べいびい〉（Rokka Bai Mai Beibī）的溫醇空心吉他。

「你剛進來時，錯過了開場呢。」

真的……我錯過了專輯最溫柔的開場，真的是完美的音樂。

但幸好我沒有錯過Hosono House，咖啡居然還是熱的，人們的交談聲剛好不淹過音樂，而音樂像是虹吸式咖啡，抽取了我們的靈魂裡，最純粹的部分。

在Hosono House，遇見細野晴臣先生。

方向感

「如果能夠做些什麼，是不是會比較快樂？」

十六到十七歲，一點盤纏，以四百元為單位計算（CD價格）零花，再多，真的就要「典當」先儲值好的悠遊卡了。還沒在台北坐過計程車，一條BLUE WAY的牛仔褲跟廉價黑T恤，髮色有點誇張，CONVERSE一雙在腳上，沒想過自己像不像土包子，想起來真的是。上了台北，第一站跟最後一站，都是台北車站附近的唱片行：大眾，玫瑰，佳佳。如果做些什麼會比較快樂，就是下車後直接背著有點累贅的包包，逛一天的唱片行，再坐捷運到新埔站投靠阿姨家。

高一上學期結束後，我沒有繼續留在學校。有時騎著腳踏車，丟在花蓮車站，上了最近一班往台北的火車，車廂間滿是白長壽的菸味，即使有對號座，旁邊也站了滿滿的人。可能三小時或更久，但到了台北，就是一種解放。

CD隨身聽的電池要帶夠，否則空悲切。那時多半買國外搖滾樂唱片，「英式搖滾」Britpop那幾個經典大團就買不完了，偶爾還要「照顧」一些跑出來的新團（那年，Coldplay不也出道了嗎），總是好奇的望著大眾唱片那一櫃台灣獨立音樂（那時該叫另類音樂吧），西洋大團是脈絡，不買沒得聽，那一櫃沒辦法是首選。後來，憑著網路資訊，以及看封面，有時候是價格，偶爾也開始買台灣另類音樂。

後來，因為花蓮開了光南大批發，進的國外片子不少，北上的重心，便是買台灣另類音樂。在廣播上一聽上癮的陳珊妮，那年出了《完美的呻吟》，金曲獎二度頒給了亂彈，那年是同名專輯，也是最後一張。灰濛濛的紙套封面，一個叫做甜梅號的團，透過試聽機認識，「天哪這……」只有驚訝，那是我的一張後搖滾，不是Mogwai、不是Godspeed，是甜梅號。「友善的狗」廠牌所出版的「台灣地下音樂檔案」有時候會特價或「綠標」，黃小楨跟陳綺貞，用不到三百元買到。

還有一個叫做1976的團。

那時看幾個網路來源（數據機年代的網路），1976已經是一個很大的名字了。聽說他們嫻熟於英式搖滾，最致命的是，《中國時報》「娛樂週報」給予極高評價，所有關於他們的形容，都「衝著我來」，必須買。1976也是我入手的第一張「水晶唱片」出產。

我無條件的愛上這個樂團。雖然我的無條件，也就是所謂的青春時間和藝術評鑑水平，如今想來，我的無條件，其實一直都是這樣而已。當時，我認為1976完全不輸給當時我的西洋搖滾愛團，歌詞裡的世界，替我的文學理解，開啟了另一個面向。聽1976時，我會停下任何其他閱讀，仔細聽，並且抄寫阿凱那些唱來並不總是「易聽清楚」的歌詞，大麻的吉他語言，在我認識更多台灣樂團之前，就是王道：非常英倫，非常後龐克，非常恢宏，又非常親密……

當時是這麼認為的，後來也一直沒有改變。對1976每一張專輯的愛，都不太一樣，但是《方向感》，並不只是幾個當然而然的語彙所能建構的聆聽經驗。

被擊中的點委實太多。我避免用形容詞彙，但1976給了我憂鬱的合理性，這件事，由衷感激。比方說吧，突然聽到搖滾樂團主唱，用清晰但有霧的唸白，講出下面這番話：

「每一天
我依賴利用鬧鐘跟行動電話
來確定真實世界和夢境的區別
比較矛盾的部分
是居然必須要去確定這一些原本一點都不想劃分的區別
原因是
不但從九點到五點的中間
我不是個詩人
而且從五點到九點中間
我並沒有像自己想像中的模樣一樣
如果依賴的是別的

這些不好意思多談的東西
我猜想大概會好一點點吧」

（1976，〈倒轉—聲音—時間〉）

我嚇壞了。好像我是「童話結局」版的希臘神話奧菲斯，而冥王說：「少年欸，路走這麼長了，你就轉頭看一下尤麗迪斯吧，不用忍耐了，轉頭吧，她不會因此消失的。你不需要再隱忍著這份愛。我不騙你，你可以轉頭看她。」

世界沒有變得比較好，但是一轉頭，我真的看見了一個清秀的臉龐，抹去了社會化的過程裡塗上來的髒污顏料，我看見了。

那就很足夠了。身分認同是一件不會解決的事情，可在那個時刻，搖滾樂還能替自己用力爭取些什麼。那些對我的同學來說，可能根本不算是旋律的聲響裡面，構築了幾場好夢，夠我去夢，讓我還想要跟世界連結，以便更能穿透音樂，更能理解為什麼有人能這樣表達自我。

雖然有著蒼白的迷惘，但那也是我跟搖滾樂之間的鑰匙，吉他間奏走啊走的，我就跟著進去了，最不願意的現實，因為有人會替我……替我……

替我完成現實，不尷尬。

I lost the way today today
I lost my shape my shape my shape is fadeaway today
today I lost my shape
I lost my shape today and fadeaway

（1976，〈顏色〉）

1976替我「fadeaway」。fade這個字眼，在九〇年代的英國樂團，如Oasis跟The Verve的歌曲裡時常出現，闊氣的、征服的消逝著。1976的fadeaway，是屬於我的fade away。

這個故事永遠說不完。甚至到了後來，我也有幸認識了阿凱跟大麻，那份情感依然難以解釋，難以明白地說出。二十年來，我在「海邊的卡夫卡」咖啡店，跟阿凱聊到半夜，去大麻的錄音室前，跟他抽幾根菸。在音樂節一片爛泥之中，阿凱帶著太陽眼鏡，反覆唱著「如果你，如果我」……

我追上了一個夢，是嗎？當我更能用多種方式理解1976，以及他們的音樂，我總是選擇回到冥王的跟前，要求祂再一次的讓我當那個「能勇敢回頭看向亡妻」的奧菲斯。某部分來說，我可以說上一小時，一學期，一輩子的《方向感》，我總是會先回到台北車站前面的大眾唱片，緊張的掐著口袋裡的千元紙鈔，頭低低的望著腳上的 CONVERSE 帆布鞋，等待結帳。在那之後所發生的事情，是「為自由而能沉默的一切」。I JUST KNOW.

二十年後，我仍在找尋方向感。我覺得很幸運。而 1976 還在。《方向感》還在。對我這樣一個不太願意相信世界的搖滾樂迷來說，這已經是 Happy Ending 的故事。

燈火闌珊處——紀念 Mark Hollis

不知道是否有人跟我一樣，在當年台壓 CD 仍多，茫茫唱片海中，看見了寶麗金代理的 Mark Hollis 個人同名專輯，甚至不知道他曾所屬樂團 Talk Talk 的情況下，買下了這張 CD。

常言擁有一張專輯，即是擁有一部時光，一段歷程的紀述，多半我所珍愛的專輯，心中的經典，確實是如此。

Mark Hollis 的同名專輯則不然：它像是沉甸甸的鏡子，不斷反射出聽音樂的過程。從第一次聽到最近一次聽，心情之類的事當然變了，可是，那些不變的部分居然很相似。若說這就是時間的意涵，或說懷舊，其實過於簡略。

所以，在得知他過世的消息後，忍不住想要說些什麼。好像，是為了補償多年來，不曾認真替他的音樂寫過專文的感受。

在臉書上我貼過兩三回 Mark Hollis 的音樂。大概都是符合情緒的貼文。有些太深刻的事情，只能用歌曲去替入，Mark Hollis 不會是首選，但一直在那裡。時隔多年，總有幾張作品，在同好之間流傳，一如經典該被面對的樣子，「你聽過 Mark Hollis 的同名專輯嗎」，成為一個「相認」的過程。

這經典格外像是秘密。你放了 Mark Hollis，場子裡有人的臉色變了，那就是了。

多數時候，喜歡音樂的人在這種情況裡相認，可是討論的不一定是音樂，有可能是記憶，有可能是文化層面的分析，有可能是偏執。Mark Hollis以上皆非。這張專輯發行於一九九八年，即便在台可稱「絕版」，卻絕對不難找。相認，倒是我從這張專輯學習到的事情。

Mark Hollis的音樂影響了許多事情，認真來說，在那個時間區段裡往極簡主義走的樂團不少，我無法指認誰直接地受到了Mark Hollis的影響，可是會真心喜愛這張專輯的人，多數也都會喜歡某些樂團或作品。

不過，這並不是一張樹狀圖，比較像是輻射圖，不管耳朵主攻的領域是後搖滾、當代爵士、民謠、實驗音樂或者電子，幾乎內心都曾領略過一九九八年這張專輯的美。這實在是很難得而神奇的事。我確信，是因為能喜歡Mark Hollis那樣的音樂，得以理解自己為何一路聽來，能吸收／愛上跨越類型的極簡。

其實極簡並不是絕對的答案：Mark Hollis在唯一一張個人專輯裡，

呈現出非常結構性的旋律美學，那樣的結構性，打破了許多我所認定的聲響結構：從來就不必要因為樂風而去認定自我，否則聽音樂只會是永遠的束縛。

過去，我時常用幽微、低調等詞彙來形容自己喜愛的音樂，有一個部分，絕對是由於聽過且忘不了 Mark Hollis。

我不曾經期待過他會有第二張作品，但只有一張，確實太少。

從第一次聽見這張專輯，一直到他已過世的今日，依然可以找到新的事物。過往以為，那只是跟著新團而來的即視感，如今隨著蓋棺論定的時刻不幸來臨，好像更為栩栩如生。

一如初次親見日式「枯山水」實景，寧靜已非既成言語，是「侘寂」裡「不完美的完美」。

謝謝當年的我，在無意之間買了這張專輯。謝謝 Mark Hollis 的音樂，讓塑造我的一切藝術形式圓滿。謝謝這張作品，它將不斷的再現，不斷的，讓我理解其他的作品。我知道，其實並沒有幾張專輯，能做到這樣的事。

你不曾眾裡尋他千百度，有些作品，一直在燈火闌珊處。

因為日常殘酷——Nick Cave 的歌詞

聽尼克凱夫（Nick Cave）的音樂時，總是不免想著：這些歌曲，是在什麼狀態下寫成的呢？當然，佈局與心境是很明顯的，但狀態與實際情形，又是如何？

有好一段時間，我總是在深夜時分，獨自打開他的音樂，把自己收納進一個神聖的空間中，隨著年紀增長，悲傷也不同，豁然開朗也有異，不變的是，一個又一個夜晚裡的自己。那些凝聚感與密度，不曾減退。

但我難以想像，如我一般血肉之軀，究竟要多少拉鋸，才有辦法在風暴中維持平衡？就像他現場演出時的肢體表現，總在翩然獨舞與激情晃動之間，不顯違和。在極端之間，尼克凱夫總是一次佔滿光譜的兩端，中間留給世俗去無病呻吟。他的懷疑，必須擺盪不停，才有堅定。堅定的，是抒情。即使那抒情，越是平靜，越叫人不忍。

從《擺渡人之歌》（The Boatman's Call）專輯中，尼克凱夫有許多「平凡」的歌曲。其中，〈人不是好東西〉（People Ain't No Good），大概可以囊括這種情緒。

「人不是好東西，我相信這是眾所皆知／看看四周，你會知道是這麼回事」。

開頭如此，以為他要批判人性，但通篇歌詞，卻充滿著「世界對人的好，而人無力領受」的觀察。原來「人不是好東西」，是因為看不見他人的悲憫，在尼克凱夫心中，對人感受世界的無力，也是悲憫著的，否則，怎能寫出如斯痛楚？〈美妙的生活〉（Wonderful Life）中，也有著類似非關嘲諷的描繪。越是反覆吟誦，被扭曲的事實，更加的不堪入目。

「我不相信任何干預主義的神，但寶貝我知道你相信……如果我相信，我會跪求祂不干預你，讓你做自己就好……如果祂非要干預，我希望祂，引導你，進入我懷裡。」〈入我懷中〉（Into My Arms）是多重的辯證，一開始不願意，但因為對方的相信，歌者害怕其可能性，最後，也求垂憐與成全。

不堅定的，是最堅定的信念。救贖演化抒情，抒情生成悲傷，悲傷回到信念，信念帶來真實，真實，便有了風格與詩歌。

尼克凱夫是平凡中，難忍窺探不凡之處的詩歌使徒。〈當我愁容伴伊身旁〉（As I Sat Sadly By Her Side）裡，起初滿是對於女主角的憐惜，彷彿所有呼喊與悲傷，歌者都感同身受。然而，當最後伊人不禁掉頭落淚，無力回天，尼克凱夫卻寫下「而我無法抹去臉上的笑，當我愁容伴伊身旁」。這種反轉與弔詭，透過旁人的眼，第一人稱的敘述，尼克凱夫那令人發愁的笑，其實，是給自己的殘酷。在幾乎每一段歌詞的開始皆用歌名作為開頭，當然是一種詩的挑戰，一種語言的宣示。

很難說尼克凱夫熱愛生命，但一個懷疑論者若不熱愛生命，終究只能犬儒。尼克凱夫並不是如此。他入世，當一個充滿困惑的有神論者。「哥林多前書」有曰：「若有人要跟從我，就當捨己，背起自己的十字架來跟從我」……尼克凱夫，選擇背起自己的十字架，找尋未盡救贖，越找，歌迷聽見的是純粹與美麗，而他的強壯與傷悲，都來自於真實。所有歌詞情境裡，他都是真實的，這一點，功力到哪裡，高度就到哪裡。呻吟中的痛，從不片面。是直觀，是辯證，是檢驗。

因此，當我聽到新專輯《柴骨之樹》（A Skeleton Tree）中，獻給早夭孩子的部分，那些濃密情感，以及未必釋懷卻已淡然的回首，一度，也再次的，不忍。他真是薛西弗斯，把自己與音樂，當作無可逃遁的修煉，一而再再而三的舔舐疲憊。在這種情況下，多數創作者難免自溺不自知，但對尼克凱夫而言，文字，是不得不的描繪，是唯一的方向，與持續。

但，怎麼能夠，這麼美呢？這些歌詞，像是絲毫沒有甜的蜜，絲毫沒有光的黑，反而有了無法取代的光芒……

就像最平靜的事情，往往，是最殘酷的。

「因為一切再也不重要了，當那一夜，我們如失事的火車，崩毀／車喘氣鳴，天雨無情／從未覺得不對勁，一切不再重來／因為一切不再重要了，甚至此時今日……無論我如何努力，當我看見你，在教堂走廊的身影／再也沒有了，再也沒有什麼是重要的了／我需要你，我需要你。」

——〈我需要你〉（I Need You）

失去孩子的父親，看那虛擬的地景，一眼，一次，又一次，就連追不回的呼喊，尼克凱夫，還是不願放棄。我多麼不願看他就這麼繼續追尋，有時候，如果放棄，如果選擇了咆哮，世界是不是會比較善待他？

拉鋸，始終存在。他不旁觀，從不。

「我的愛啊，這祈禱，乃是為著你／透過白鴿之翼傳遞／一個語言貧乏的傻氣祈禱／愛與親愛，都透過鳥兒們，才完整／我們，都得到了各自應得的／我親愛的小白鴿，你已可安然休息。」

——〈傻氣的祈禱〉（Idiot Prayer）

如果尼克凱夫，有著這麼一隻白鴿，能將他的語言傳達到應許之地，而作為歌者，他就能安然止息，那或許是最後的平靜。在那以前，尼克凱夫，黑暗中的王子，依然要化成語言的翼，展翅，在負傷的情感裡，因為知曉人間，因為相信祝福，他得持續飛翔。飛得越高，這世間擁有的藝術，就越有機會不凡。

而一次又一次的，因為那羽翼，我有了勇氣，在這殘酷日常中，活下去。

最光明的黑暗——Leonard Cohen

在發行新專輯後不到半個月，Leonard Cohen 離開了。

有許多方式，我們認識 Leonard Cohen，他是偉大的文學家，而作為音樂家，半世紀來，十四張專輯，無法說盡他存在於樂壇的重要性。

或許，在 Bob Dylan 獲得諾貝爾文學獎，而被新一代再次聽見之時，我們也應該同等的，從 Leonard Cohen 的作品中，凝視他的時代，他的黑暗，他的光。

詩歌彗星的崛起

從《Songs of Leonard Cohen》和《Songs From A Room》的封面上，Leonard Cohen 憂鬱而深邃的形象，我們彷彿得以看見，一九六〇年代的民謠與浪漫主義，正以彗星之姿，展開一場全新的親密歷險。Leonard Cohen 在歌詞中洞悉奔狂的歲月，以音樂拉高視野，如天使俯瞰，穿透。他在浮世中，描繪關係中的細膩。醇酒般的嗓音是炙烈的甜蜜，〈Bird On The Wire〉、〈So Long, Marianne〉與〈Hey, That's No Way To Say Goodbaye〉等歌曲，傾訴愛情裡的荒蕪與搖擺，第一人稱意象裡，多重困惑，成就吟遊敘事角度魅力，歌謠甜美，詩人揪心，而終極自由，是永遠無可企及的救贖。

Leonard Cohen 的所有早年歌曲，都在談一段又一段的關係：與愛情對象的關係，與想像中的伴侶，與城市街頭，與自由。描繪中的清晰感受，即使歌曲的編制再簡單，都千迴百轉，名曲〈Suzanne〉的平靜，揭開了觀察者心中最波濤的詩意去向。無法忽視的文學底子，重現詩與歌合體的智慧。

從民謠素描到搖滾景深

早年 Leonard Cohen 的專輯，之所以完滿圓熟，是一種素描簿的信手捻來，揮灑即是的消逝，越淡，越濃，越濃則越淡。無疑的，他是一種唱作者的完美典型。來到一九七〇年代後期，Leonard Cohen 決定在音樂上轉變突破，找來多樣合作對象，從此，素描簿裡的詩人，邁向更為深廣的景色，原本可能僅是生涯一角的「音樂人」，從此成為 Leonard

Cohen 與世界最大的連結，也是最為人知的部分。當音樂的層次更多，Leonard Cohen 的本質越是清楚，他的歌詞像是容器，從溫婉到冷冽的音色，終於都能超越單向，給予語言更多的對話。《Death Of A Ladie's Man》一直到《I'm Your Man》專輯，Leonard Cohen 在搖滾樂／合成器的鋪陳中，也自成一格，他的嗓音開始低沉，屬於另一個時代的追尋卻正要開始。這二十年中，他的專輯不多，卻張張經典。

千禧年後的簡約澄澈

Leonard Cohen 在晚年的音樂，因為潛心習佛，音色上，也反映了淡定心境。Leonard Cohen 從來就不是一個音樂變色龍，但從二〇〇一年的《Ten New Songs》開始，他吸收了靈魂／福音歌曲的精髓，在毫無多餘的音樂情境中，重新扮演另一種敘事角色。音樂作品靜謐極簡，卻反而拉高了歌詞中人性掙扎的張力。到這個階段，Leonard Cohen 的音樂早已不能以「民謠」單獨聆賞之。電子音符的畫龍點睛，讓新世紀的 Leonard Cohen，顯得新穎，他總是能做到入世卻脫俗。

二〇〇九年，Leonard Cohen 在倫敦的演唱會，不只是畢生最佳總呈現，音樂中種種感動與聚合，生命力跟默契，絕對足以進入史冊。七旬的 Leonard Cohen，在演唱會開始時，小跑步上台，誠懇的在歌曲之間道出自己的喟嘆與幸運，我們怎能料到，過了五十年，這些歌曲竟然又全部新生了一次。想要認識早年的 Leonard Cohen，《Best Of》是最好的入門，若要見識他晚年的魅力，在倫敦 O2 Arena 的演出《Live In London》，不管影音都值得珍藏。

最後身影

作為最後一張專輯，《You Want It Darker》可謂是Leonard Cohen完整的遺作。無常詠嘆，畢生追尋，救贖未滿，人生已風霜而飽滿。在專輯同名歌曲中的最後話語，「我在這裡，我在這裡，我的主啊，我已準備好」（Hineni Hineni, I'm Ready My Lord），或許能讓樂迷不那麼心碎，屬於創作者的寧靜致遠，已替自身做了最好的送別吟誦。音樂上的沉穩，宛如潔淨的布簾，黑得露骨，光澤歸於創作者與知音。

Leonard Cohen的音樂與文學，一如其人，充滿詭譎與衝突，然而他總能用文學語言的談論感，包容收納這一切，使最純美的一面得以顯露。歧路險路人生路，始終質疑人性親密的Leonard Cohen，在善惡間，在動靜裡，始終屹立不搖，是音樂使他的身影更顯不凡，然而，若無 Leonard Cohen 的存在，在音樂敘事的路途上，我們不知道會錯失多少真實。有一天，因為巨人的離去，我們終於再次回想這些歌曲，相伴的歲月裡，多少愛，多少恨，多少激動的情緒，都成了紀錄，漫漫長路，因為 Leonard Cohen 的名字，不被遺忘。他是最棒版本的「哈利路亞」（Hallelujah），始終最為光明的黑暗。

今晚，沒有人會是搖滾巨星

未必能感受夜色低垂，興致高昂但忐忑，走近一處人群，幾乎與你一樣都穿著黑衣。屋子裡有巨大的震動聲響，節奏聲打進心底，過時的搖滾樂，正好做以腎上腺素，注射進蒼白的肢體。腳上的靴子自然共鳴，腳底板拍打出足印，印在比夜還黑的場地裡。

台上的演出噴射合理，跟你的孤寂一樣，亂七八糟，越大聲，越好。內場與外場的聲音，小舞台裡外已經分不清高頻低頻，腦波分不清，也不需要。手上的印泥是這個晚上的勳章。

也想要往前靠近舞台一點點，終究駐足遠處，在竄動人頭間探望，視野裡剛好是貝斯手。距離真正的破音與音箱反饋剩下不久的時間，鎖住自己，鎖住，鎖緊，把生活裡所有螺絲釘都丟棄，去他的生活，去他的愛情，去他的提款機。炸開來的瞬間，我把自己的感官鎖死，行屍走肉附上溫熱的血液一瓶，怎麼調配？隨心，越急切越不必小心。

有一天，或許很快，就忘記這場演出究竟是什麼。很快的，又會回到這裡，聽另一場模糊的演出。這些經驗集結在一起，讓一根菸的時間拉長了些，酒精蔓延更快。

今晚，沒有人會成為搖滾巨星。沒有愛情會突然誕生，沒有好運氣在你預料之外降臨。而預料也失去了能力。自由的感受大筆一揮，足夠在內心產生對世界的憐憫，然後世界也憐憫了你。

在心裡鞠個躬，與夜幕告別，用眼神憎恨白晝。有一天，生而為人的你，終將忌諱以青春之名任意發酵的瘋狂，那一天到來時，你再也回不到青春裡。再走近一次人群，穿上黑色的T恤與緊身褲作為禮服，踏上另一雙靴子，站久了小腿發疼，腰痠背痛，表演還沒結束你就離開了。

舞台上一直都會有人，你認識，你不認識。換成了更好的音響，更精確的演出，更多禮貌與秩序，更多大聲的竊竊私語，穿全黑戴墨鏡的人漸漸少了，緊身褲變成寬大的繽紛 oversize 上衣，人們都穿著輕鬆的鞋子，有些像是從戶外登山結束走過來。

沒有什麼合不合時宜，你也曾做過一場夢，成為搖滾巨星的樣子，或者至少能燃爆注視著搖滾巨星，一個晚上也好。多彩微笑帶著棒球棒的青年已經認不出的樂團，曾經唱著“tonight,I'm a rock and roll star”，飽滿結社，同時虛空氾濫。青春早就跟那些老團一起解散，復出未知。

這樣也沒有不好。今晚，我們都不會是搖滾巨星。

「什麼是青春，什麼就是歌。」

（孫梓評，《少年的海》）

大悟無言——坂本龍一的《終章》

對於坂本龍一的音樂或敘述，我們總是有各自不同的體會經驗。在《終章》（Coda）這部電影裡，終於，所有樂迷，有了核心似的交會……

人們叫他「教授」，有著很多原因。教授親自上場示範人生的真實，這門課，一定得上。

《終章》不是一部傳記電影，於是，比起「劇情」（紀錄片當然亦有其不輸劇情片的轉折），一份從容更清晰可見。那份從容，洞悉了自己做為音樂家，音樂創作的各種面向，有悲憫，亦有自我辯證的直觀。

因此，在觀看電影的同時，作為一個樂迷與追隨者，我也探詢了坂本龍一之於自己，所存在的各種美學私辯證。一想，那居然遍佈所有聽音樂的日子……

大概在二十幾歲時聽見 YMO，當時的我，正熱衷於電子音樂，能聽見三十年前的新潮音色，既是復古，也是經典，依然新穎、前衛，示範了某一典型的完美流行音樂。YMO（Yellow Magic Orchestra，坂本龍一、高橋信宏與細野晴臣合組之樂團），以合成器／電子音樂所能表達的生命力，不僅確曾引領世界潮流，曲式裡總能完美融合了東方元素（五聲音階），增添了神秘魅力。很難說如果沒有 YMO，電子音樂與流行音樂之間的關係會是如何不同，因為 YMO 的象徵太巨大了。

若說 YMO 是坂本龍一在音樂生涯的開端，電影配樂的世界，則讓坂本龍一步一步，成為宗師。讀《音樂使人自由》這本口述自傳，我驚訝於坂本龍一入行電影配樂的過程。《俘虜》一片，本來只作為演員的坂本，幾乎是措手不及的接手配樂大任，時間匆促，一戰成名。《末代皇帝》也是類似的故事，導演貝托魯奇一個「獨裁」的指示，從此讓世界更認識了現代作曲家坂本。我以為坂本龍一從來就是為著做配樂而生的大家，那些作品，實在聽不出來是短期內「榨」出來的痕跡。想想坂本龍一在近期的電影配樂，包括再次榮獲大獎的《神鬼獵人》，已經以聲響顛覆了配樂「作嫁」的思考，難以想像其來時路如此「不尋常」。

坂本龍一的多元，當然也發生於其他範疇。作為實驗音樂家的「教授」，是我最為熟悉的。兩千年後，我潛心於環境音樂／極簡電子音樂的類型，人生心境使然，音樂景貌，也隨之更迭，從「旋律」的追求，到了「聲響」的享受。能在當時遇見坂本龍一，實在是生命裡最棒的完整。坂本龍一與德國電子藝術家 Alva Noto 在千禧年後，開始一系列的合作，幾乎成為我心中最完美的極簡唯美。於 YMO 時期予人合成器的動感想像，「教授」已隨著時代跟心思改變，歷經了長年的配樂工作，他在個人音樂作品裡，顯得低調、深沉。思考旋律的方式，像是將時間不斷再現，不斷檢視細節，無論是曲式長度或型態，隨著企圖，帶出了寂靜簡約的層次，微微的噪音與不和諧音韻，創造了嶄新的旋律語言。在我心中，他是當代最好的極簡主義音樂家之一。

音樂的本質只要存在，人事物便不會就此消逝。歷經各形各色的風格，本質在坂本龍一身上不顯絲毫違和，一個一個階段裡，作品標註了時代的情境，而後更走向內心。九一一事件，彼時居於紐約的他，與 David Sylvian 譜寫了〈World Citizen〉（世界公民）一曲，從疏離與真實之間的描繪，攫取人性矛盾，質問「當代」意涵。從此，他更積極地透過行動，關心現實世界裡的議題。音樂家最擅長的表達，能透過不同關心而呈現，是最為有力，也最為溫柔的批判。

紀錄片電影《終章》一開場，坂本龍一獨自坐在一個破損鋼琴之前，喃喃自語，對這台鋼琴的身世與韌性感到不可思議。那是三一一大地震後，歷經海嘯，浩劫餘生的鋼琴。影片從這裡開始，當坂本龍一試著彈奏出必然走調的音符，人類在渺小之中因倖存而悲鳴，擴散開來的是所有坂本龍一曾做過的音樂：他們雖有著不同姿態，卻總是兼具了哀戚與巨大的美麗。

一陣一陣的浪潮，時代，音樂，流行，雋永。坂本龍一依然挺立。與海嘯後餘生鋼琴一樣，韌性驚人。

畢竟，災禍甚至危及了坂本龍一自己。面臨生死疾患的未知，不曾停止的坂本龍一，如今只為了自己而修行。二〇一七年的專輯

《Async》，是得知自己罹患重症後，潛心力作。初聽時，確實很難一時間領略，即使深知坂本龍一聲響實驗之來時路，依舊是不容易消化的作品。企圖的廣闊，若無耐心，只成一片艱澀。

這張專輯《Async》，在電影《終章》，重新活了一次，聽似晦澀與實驗的聲音，來自於一片對音樂的感念與初心，其中必有哀戚，必有傷感，更難得的是，他依然詰問自己。坂本龍一之所以能從容，因為始終直視音樂裡的自我。看完本片，再聽《Async》，「原來如此」的感佩油然而生。作為追尋聲響原初的作曲者，他不願直接採用既定素材，而是挑戰創作出自己的聖歌。朝著「替塔可夫斯基做出電影音樂」的想法，真實的到達了時間的彼端，串連起同步／非同步之間，孤寂又絕美的模式。是的，他創造模式，理解方法，而不只是模擬真實。

看完《終章》，再聽印象裡所有的坂本龍一，必然都會有「原來如此」的情緒。多麼需要這樣的機會啊……

挑戰只能發生在替自己奮力一搏的創作者身上，無論原因為何，那樣的姿態，都是極美之事。坂本龍一示範了從容之中，入世的可能性，即使那並不總是圓滿，仍能撫慰自己與世界。《終章》使我想念第一次聽見坂本龍一招牌名曲〈Merry Christmas Mr.Lawrence〉時，內心迴旋感到不可思議的心情：一段擄獲人心的旋律，透過反覆，好似鋼琴吟唱著詩詞，一次，再一次，訴說的樣子於是永不滅滅……很多音樂家，或許能做到類似的事情，唯獨坂本龍一訴說事情的模式，是只能屬於他的理解與抒情。

我仍寧願相信有一種絕對的抒情，當我想起坂本龍一。《終章》裡，面對森林，華髮已生的他，源源不絕的思考「仍能完成的挑戰」。即使不是走向人生尾聲，「教授」一直如此。我願用所有的心思去嘗試理解那訴說，以及訴說的神情；那不禁使人相信抒情的寬容，仍然能被真正感動……每一個階段裡，坂本龍一都是最為瀟灑的身影，一個人，怎可能以雋永的型態，活著，創作著？典範從時代裡發生，我慶幸生於這個時代，當每一步歷史，都仍在寫下新頁。

比人生更為喧囂——從滾石樂團南美洲之行想起

看過許多滾石樂團的影像與文字，沒想到要等到他們七旬之時，才透過《滾石：南美震盪》的紀錄片，被真正打動。

前往南美洲的路上，滾石樂團將進行九城巡演。

有些地方，他們去過；更多國家，尚未歷經過滾石的現場。對南美洲多數的樂迷而言，曾經長期經歷軍事獨裁政權統治，搖滾樂是一場最棒的夢，最自由的禁忌，一個曾經只能放在心底的秘境——正因為如此，能夠迎來地球上尚活躍著，最傳奇的搖滾樂團，對南美洲的樂迷而言，意義不凡。曾經只能偷偷聽的音樂，在國家開放後，轉變成轉變與前進的旗幟。曾經的反動與革命，終能成為數萬人共享的狂喜。

即便老江湖如滾石樂團，也有尚未做到的目標：在古巴首府哈瓦那開唱。四位來自英國的傳奇巨星，皆已年逾七旬，所有興奮與精彩，在他們的身上，絲毫不減，但也因為時空的挪移，搖滾樂，在他們身上，有了不一樣的意義。

看這部影片，一方面驚訝於他們的「不變」，演出時的橋段，一如他們仍是小伙子：主唱 Mick Jagger 的蹦跳與魅惑唱功、吉他手 Keith Richard 彎下腰來撫慰吉他與招牌獨奏……種種期望之內的事情，滾石之所以為滾石，白髮與皺紋沒有帶走經典時刻。

另一方面，也驚訝於那氣勢不再汲營於「征服」，熟練的歌曲脈絡如同刻印在心內，舉手投足都是轉化再轉化的內功展現。透過高速攝影機的拍攝，四人在舞台上的魅力與瞬間，豈止禁得起歲月考驗，風霜化為智慧，真正「滾石不生苔」。如今，要演出這些歌曲，難度比當年高出太多了：一場接著一場的演唱會，體能與腎上腺素，對一群老傢伙來說，竟然比年輕氣盛時來得更拚、更精準。

搖滾樂不盡然只能是年輕歲月的噴發，也有厲害的樂團，如滾石，走過了五十餘年，在這個階段，帶來了最熟美的果實。這其中的等待與耐心，身心的體會，恐怕也是搖滾樂最年輕常駐的意涵。

對於歐美歌迷，對滾石樂團的樣子，或許是累積而成的經驗。對南美洲許多樂迷來說，則是「只聞樓梯響」的傳奇成真。影片中不斷穿插的各個國家的音樂人文地景，有受到滾石影響的人們，也有滾石樂團體驗他人音樂習俗的橋段。這些畫面，超越過往不羈的想像，滾石樂團持續吸納著養分，對世界充滿好奇心，或許正是經歷風雨後，成為仍能僅存的五十年大團。

比起舞台的成功與華美，有幾幕散發人味兒的場面，肯定更叫樂迷驚嘆。在巴西站的一個小房，Mick 和 Keith 兩人隨興的唱起了〈Honky Tonk Women〉，只一把空心吉他，瞬時將數十年來的默契給幻化，比任何一個華美舞台上的版本都更使我心醉。在阿根廷站，他們會見了一組專門翻玩滾石的當地樂團，連語言都不太暢通的情況下，一切榮耀與激動歸於生命經歷的交錯。Keith 的起床鬧鈴是窗外不斷吶喊“Olé, Olé, Olé, Richard”的樂迷，「在過去，搖滾樂代表著『壞』，但從那些『壞』裡，我們才看見生機與創造」，樂迷理解滾石，如同一場宗教體驗。

奔放的行程裡，不斷穿插著籌備古巴演唱會的細節。雖然不是第一組在古巴演出的搖滾樂團，然而這樣的規格，對古巴政府、經紀人與現地執行來說，都是接近不可能的挑戰：當時古巴尚未完全開放，直到巧合的事情發生了，滾石所預定的演唱會時程，剛好在美國總統歐巴馬訪古巴的當週。古巴政府本來表達「無法一次應付歐巴馬跟滾石樂團」而要求演唱會改期，在所有行政人員付出一切的堅持下，滾石樂團終於成行，前往未曾到達的那一站。「玩團巡迴了五十年，還有目標可以去達成，真的非常棒！」

滾石樂團是如此標誌性，連歐巴馬在哈瓦那發表演說時也提到，「雖然古巴正準備著滾石樂團到來，我們仍期待與這個國家更多的交流。」所有人，包括滾石樂團本身都觸動的空前盛況，天時地利下，彷彿一夜解放了古巴，所有壓抑，所有自由，都溶在金曲裡頭，唱不完的老歌，創造了新時代。

導演以多元的角度，透過多重攝影手法與大量景觀取景，重新解釋了滾石樂團的階段與樣貌，在熱情無比的南美洲，襯托出搖滾樂的原味與提問。

跟著滾石樂團再走一遭，正如唱了數十年的金曲〈It's Only Rock 'N' Roll（But I Like It）〉（這只是搖滾樂，但我愛它），透過影片，這份龐然能量全新顯現，雖「只是」搖滾樂，隨著歲月，使人更加痴迷執著。又如同那首同樣經典的〈You Can't Always Get What You Want〉（你不會永遠得償所望），搖滾樂與其故事不會讓人總是得到想要的一切，然而我們能得到的，已經比想要的更多一些，甚至與時空連動著，無意之中，我們也是歷史裡的一部分。

搖滾勢力進入極權國家，總是讓人充滿想像。

另一支造訪古巴的英國威爾士樂團Manic Street Preachers（狂街傳教士），與時任古巴領導人卡斯楚見面時，「善意提醒」這位政治巨頭，「我們的音樂會很吵（loud）」，只見卡斯楚笑了笑，用最「卡斯楚式」的幽默回：「會比戰爭來得吵嗎？」也因為這一段小插曲，後來Manic Street Preachers將歷史性的古巴演出發成光碟時，將其名為《比戰爭更吵》（Louder Than War）。

因為我們是搖滾樂迷，故能透過這些小故事裡的爬梳，理解到世界上其他角落的人們，即使用著不一樣的心情聽著與自己一樣喜愛的歌曲，這份「共時性」（Synchronicity），可以很哲理，可以很直覺。比生活更吵的「吵」，正是我們所需要的。隱約想起那些年來，期待多年的樂團終於登上台灣的舞台，大概就是此般情感的匯聚，既陌生又如此親切。如見一位素未謀面的老友，時空因而回到了明朗的軌道上，那些「無法得償所望」，且比人生更為喧囂的事物裡，感動產生主動與被動的份量感，仍有能力欣喜若狂的理由。

因為，有些事情，注定比人生更吵，比人生更喧囂。

後記：本書於發行前、校稿之時，滾石樂團鼓手Charlie Watts不幸辭世，享壽八十歲。謹以本文獻上哀悼之意，紀念獨一無二的鼓手Charlie Watts（1941-2021）。

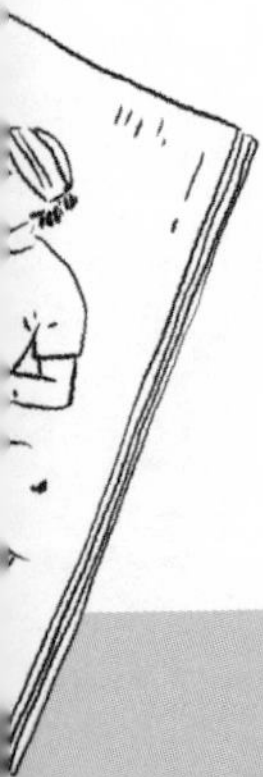

輯三

公路休息站的快餐店

Diners on the long way road

走過輪迴的旅人，終究停下腳步來，找尋一杯咖啡，一杯苦酒。

長路街上，幾乎無光，一眼能見那不甚理想的休息區，你停下功勞苦勞都滿載的車，獨自走進空蕩的快餐店。

菜式永遠是那樣簡單，沒什麼選擇，適合不想再選擇的你。

卡式座位裡，誰也看不見誰。有個背影朝你雙眼而來，戴著你熟悉的帽子，蒼蒼白髮。

「要來點咖啡嗎？」服務生例行的轉了過來。

你說「好」，以廉價的巨大馬克杯，接過更多咖啡味道的水，像喝下孟婆湯，像是為此而來。

那位白髮蒼蒼的男子，似乎永遠封存在這裡。就像硬麵包像粉跟奶油都過多的濃湯，還有「要來點咖啡嗎」的服務生……

或許，你也是。

窗外是無盡蔓延的大路。

住滿幽靈的地方

1.

事情總是這樣開始的：你拉開了把手，以某種期待，移動自己的步伐。

那期待之中，有蒸餾麥芽的味道，可能是泥煤味，煙燻味，可能是嗆辣感，是花香，是濃郁，是冷冽，還帶著冰塊化成水的味道。如果你想要，也可能蒸餾的是米，是芋，是甘藷。

經過蒸餾，不管是什麼，都變得更為原本、單純。也因為單純，輻射出本來可能不為人知的香氣，或者口感。

越是單純，心情也往往越複雜。每一個穿過門口的步履，都充滿試探性。

跟步伐的快慢，沒有關係。愉悅的踟躕，傷感的疾行，都不叫人意外。門後的世界，拉開門把的你，預料了什麼？在那樣的預料裡，自己扮演著什麼樣的角色？

漸漸的，你開始明白，去期待某些體驗，本質上，令人畏懼。承認吧，其實，你只想要體驗以熟悉所包裹的情節。如果，其中，有些值得期待的部分，那很好，但並不要太勉強。

千萬不要勉強。

反正，你就是會明白。就算有原因好了，你也得避免去分析，「到底是怎麼樣開始明白這一切的。」如果經驗法則有效用，人腦會躲避掉讓自己陷入膠著的問題。

哪怕那就只能是一個暫時理由，去喝一杯。

「去喝一杯」，聽起來很自然，甚至有點輕盈吧？沒有完全合適，或完全不合適的時機。以為的輕盈，只是給失去力量的人，在事情已經開始扭曲，還沒有到不可挽救的境地之間，「喝一杯」。

只是為了坐上吧台，有時逃遁於嗅覺與舌尖習性，有時候，希望有人用堅定而溫柔的方式跟你說話，「今天想喝點什麼？」

會不會是為了那樣的語氣，打開了門把？

2.

沒有想像中的喧鬧，也沒有聊天的客人。沒有什麼人。景象看上去，使人心生疑惑：是剛開店，還是要收店了呢？為了離開現實的時間，你安坐於此，然而，又不禁心頭一緊：今天是什麼日子嗎？

吧台裡魚貫準備的動作，行禮，如儀，正要開始，還是準備結束？空調不至於涼，你卻拉緊了衣物。來得太早了嗎？還是太晚？你永遠無法判斷，不只在這裡。還有心底。時間是飄走的煙，你上秒還看見，再點一次火，已經永遠熄滅。

你的肺部一緊，口腔熾烈。在故事的幽靈降落以前。

3.

一直都是這樣：這個空間裡，飄蕩著許多故事，但沒有人願意說。

沒有人願意說，主要是，也沒什麼人真的想聽。

於是，幽靈們，成為語言，在玻璃杯子撞擊的微小聲響裡，寂寞待著。

或者，有些時候，以現實的灼熱感，咬住最破碎的靈魂，將其帶離血肉，入替了它者的命運，附身於人心形而上的所有無奈與嘆息，成為你身邊的一個陌生身影。

陌生，但黏稠，且鮮明，無血無肉，幾可透視。像是等待嗎？

跟我有關嗎？

不盡然無關吧。你試圖呼喚出自己的幽靈，與身影對話，瓶身微微傾斜，杯中是夕陽。你的幽靈。

但你根本無能為力：被禁錮過久的語言，連幽靈都不能成為。

如果可以跟那樣陌生的事情，交換一個眼神，會不會有意料不到的熟悉？

你仍然期待著什麼呢？從無處可去之地而來的記憶？能夠被緊緊擁抱的虛無？

在腦子開始微微發熱之前，搖晃著杯中冰塊，眼睛瞄向吧台的另一側，邂逅是海市蜃樓，很舊很舊的歌曲，你第一次聽。放了很久的酒，你第一次喝。

現在開始，不加冰塊。

4.

這是一件無比壓抑的事情，然而，必然得先壓下興奮與失望，才能夠記得，你曾和誰，本來有個約定，在這裡。

人們總覺得在這兒，昏暗的燈光是必然的，可是專注的眼神，不僅無懼於昏暗，甚至熱愛。

專注的記憶也是如此。於是，你反而覺得外面的景色更為昏暗無神，吧台才是真正有光澤的所在。

大約在喝過第一個「點」後，瞳孔跟腦海都被刺激了，放大了。想起他人未盡之約，與寂寞不必然有關。時間連寂寞的樣子都不願辨識，好像智慧型手機拒絕面對你歪斜的臉龐，身分變成了認同的阻礙。

如果不刻意去想，是不是就會想起來？偏偏哪，為了遺忘，你便用盡了全力去想。以為用歷練蒸餾了無能改變的諸多事情，最後只會剩下原料物本來的精華。原理或許如此，你沒想到的是，即使是原料，風味竟還能清濁分明，層次多樣，選擇困難。

不知不覺你就喝到了第二個「點」、第三個「點」。憑藉著杯旁始終孑然一身的白開水，唇間各種翻雲覆雨，能歇息，並回到分號的狀態。你瞇起了眼，拿起幾小時裡，刻意不去碰觸的手機。啊，已經是這個時間了。

就在這該死的時刻，你終於忍不住，想傳個訊息給未能約成的人。沒約成的人何其多，就只有那麼一位，從進門坐下來，一直往心裡跑。的確是有些昏暗吧，這燈光。但外頭也暗了。

5.

婉拒了店家替客人叫車的服務，用塑膠卡片付了帳，穿上尼龍外衣，開了門把，走到外頭。

這座城市啊……

再多一點點耐性，就能等到明天了。明天就可以再喝一杯。只要可以喝一杯，事情就不會更壞吧？

那麼過去的這個今天呢？它也曾背負著明天的命運，然後過期，是吧。

這是一條特別漫長的人行道，你期待有一個誰，與你遇上。一個跟你一樣，在某個角落獨自經過了這樣一晚的人。也許他喜歡泥煤產區，而你沒那麼喜歡，但無妨。

那個往心裡頭跑的人，在今晚跟著你，精彩又透澈的活了一次。正因為這樣，你自己的內心又死了一次。

不都講明了嗎：所有的人都有故事，但沒有人要開口說。

這座城市裡，一個個住滿幽靈的地方。

私人放映會

國三升高一時，無意間被朋友拉去參加一個聚會，朋友是個美術老師，因為與父親是舊識，故我也跟他有些交情。於是，參加了人生第一場的電影私人放映會。

當然，那是錄影帶的年代，一進到房間，不大不小剛好擠個十來人，在普通的客廳裡席地而坐，準備觀看電影。我當時已經會自己跑去尚未歇業的「國聲戲院」，看一些所謂的得獎片、影展片、藝術片，每次都包場，「國聲戲院」也是當時唯一會上映這些片的戲院。大概也是那時候，開始用錄影機錄下「春暉電影台」的一些名片。「春暉電影台」，當時我心靈的慰藉，每次都是為了錄影片，去買一堆空白TDK錄影帶，在那上頭，我第一次看了阿薩雅斯、阿巴斯、路易・馬盧、安哲羅普洛斯、奇士勞斯基……

但是，這麼多人一起看電影，看的是「嚴肅的電影」，這是第一次。那天晚上，播映黑澤明執導的《影武者》，我的「幼小」內心，震盪不已。在並非特別大的電視螢幕（但在當時，已算夠讓人羨慕的大）裡，人生第一次感覺到「悲壯」，而那種悲壯凝結在安靜的觀影氣氛中，簡直有點可怕。放映結束後，屋主，也是一位教授電影的老師，簡單的跟大家聊了這部片，但我的腦海一片空白，幾乎想要逃離那個密集的焦慮，焦慮到廁所都不想去。

離開前，我仔細看了看擺放錄影帶收藏的櫃子，全部都是翻拷的，有《藍絲絨》，《恨》，《養蜂人》，《斷了氣》……其實很想跟老師借回家看，但我沒有。後來我又參加了一次，去看了《藍絲絨》，氣氛一樣驚悚，結束時，每個參與的人面面相覷，好像都想試圖說些輕鬆的話，但無法。

後來我就沒去了，也不知道為什麼，雖然有好多片想看，但不習慣一群人有目的的，看著影片。我只是習慣獨自欣賞我尚未理解的事物。有一次他們看了馬修．卡索維茲的《恨》（La Haine），朋友打電話給我說：「嘿，我們都好希望你在，實在有點被其中的年輕人嚇到，也許你會比較有同感……」

所以，我雖然因為年紀較小，沒有去過MTV看「禁片」，但這個錄影帶翻拷的時代記憶，我還是有的。買了越來越多卷帶子，錄電影，有時候剛好打開看到一半，立刻就按下紅色的REC按鈕，所以，也有許多片子只錄了一半。「春暉電影台」後來結束了，多年後才有「日舞頻道」，讓我再次徜徉其中。

有一年，受邀替「台北電影節」寫影片介紹，編輯寄來七部片的拷貝，那時已經是VCD，我獨自一人，在黑暗的書房中，一邊看著英文字幕，一邊試著做筆記，寫下感想。維基百科還未普及，找資料花了一些時間。我突然想起那個觀看《影武者》的時刻，時空相連了起來。

後來與朋友做「木心二手書店」，隨意的放映那些盜版影片——台灣若有代理，比方說「原子映象」的發行，我們當然購買正版，但當時能選擇的片量，實在太少。每個月，從中國的盜版網站那近千片目錄中，挑出值得一買的日本歐美電影，過程很興奮，但其實很累（目錄從卡漫、綜藝到成人片都有）。寄來台灣時滿滿一箱，我們自己買盒子裝起來（因為寄過來的外包裝，總是只有一個紙套，頂多加一層沒誠意的

PVC塑膠），翻譯有時（多數時刻）爛到爆炸，但久了，也養成某些只能意會不能言傳的「理解力」。那段時間，我喜歡上石井克人，看了安哲羅普洛斯跟高達的許多影片，還有一些無意間看到從此難忘懷（也難珍藏）的作品，印象最深刻的可能是侯麥的《吸菸／不吸菸》跟鈴木清順的《流浪者之歌》。

一次整理房間，翻到好多錄影帶，有一九九八世界盃足球賽，MTV音樂大獎，還有《恨》，《野草莓》，《何處是我朋友的家》，上頭的白色標籤紙全部貼歪，字跡也非常潦草。好像是從看這些電影開始，我漸漸的，理解這個世界，跟自我的關聯，以及終究無關聯的部分。這很難解釋，非常艱難。我非常明白這些東西給了我力量，在完全沒有人會在意「我在幹嘛」的時刻裡，它們吸引了我，補了我的血氣。不到十八歲，我已經看了一堆限制級影片，《猜火車》，能不看嗎？這些本質性極強的事物，也使我與世界疏離。

說起來，作為影迷，我似乎一直在追自己。當年累積起來，某些因觀影而生的質地，那像是投手投球的一種球質，不科學，但存在。它讓我自己在不同階段的人生討厭自己，喜歡自己。總是陰魂不散的出現在我的文字與夢境，又因為不曾離去，使我感到心安。

詩人伊莉莎白．碧許（Elizabeth Bishop）在《浪子》一詩寫：

他手提水桶沿著一條滑溜的板道
感知一群蝙蝠進退失據的飛翔
驚悸間靈光乍現，不能自己
心被觸動了。然而還得好一陣子
才終於下定決心他要回家。

是的，我還在試圖，收納我自己。我明白可能會失敗，當我的人生影像進入第三十六次拷貝，實在很難期望接下來的影像，會更顯出彩。但是，應該會留下些什麼，不論我願意與否。觀看電影時的隔絕感。讓我感覺我對於世界的愛，是可能存在的。作為一個影迷，作為一個人。奇想也好、悲壯也罷，總是小心翼翼的，專注地凝視著螢幕……從最一開始的錄影帶，我早就錄下了自己的未來，只是標籤紙上，還沒有寫字。

漫談吧台

能坐吧台，我就坐吧台。

常遇見帶位者親切問「吧台可以，空桌子也都可以坐」。多數時候，我便直直往吧台去。說來奇怪，吧台往往是摩肩擦踵之處，且離吧台內的人員很近，以我自認頗嚴重的孤僻狀態，不至於對吧台有此等迷戀。

去日本大城市，常見餐廳或咖啡館隔成一方方僅容單人的位置，未必在吧台，也可能是類似卡座，又再分隔成單人份，在那樣的地方用餐或喝咖啡，我總覺得格外放鬆。越是那樣看似靠近，其實越各自專注，眼神無處旁飄，僅前方一面小玻璃或者牆面，這世界也可以有我單獨的方法，這樣的世界觀，無比吸引著我。在喧鬧的城市裡，追求一隅獨行，尤其自由。

寬敞不等同於舒適，同樣的，狹小也不見得彆扭。偕同他人是另一回事，否則，那像是一種驗證的過程，坐進一家店的吧台，是感知一家店最好的方式。雖生性孤僻，卻享受自我五感官張開的歸屬，近距離的，只有吧台椅的狀態。陌生的吧台，能被安靜詢問想喝些什麼，禮貌性做了該有的問答過程，而後便分別在一個長條桌面裡外，有各自獨處的可能。太好了。偶爾隔壁講話喧譁了一些，偶爾也能聽見有趣的話題，戴上耳機，倒也不是問題。

若是熟悉的店家，吧台更是重要之所在。與老闆用不需刻意的方式閒聊，即便面對面，也沒必要一路聊到底，彼此尊重、適時的在意，是我喜歡的人際模式。剛好有這麼一些店，全店皆為吧台設計，真是我此等吧台之人的福音。

另一說是，吧台空間「太窄」，這就看個人怎麼想了。你需要多大空間，才算得上「足夠」呢？應是因地制宜吧。出外帶一電腦，肯定不會想像著，外頭也要有家中理想工作桌一樣的大小吧。去有吧台的咖啡店，一排電腦工整序列，沒有人是來聊天的，也挺好。除了入座與離身可能無意間碰觸他人的小尷尬，應該沒問題吧。這種類似「K書中心」的吧台模式，確實讓我能夠專注。也就一個角落，好好做事吧，沒得分心。除非你對鄰座特別感興趣，或又時不時會被咖啡機的聲音給打斷，否則，這樣的工作環境所充滿的「白噪音」，比起在家獨自，或者佔據一整張桌面來得緊湊、簡潔許多。

若是飲酒，則更合適，或說總該會有練習一人吧台的光景。陌生也好、習慣也罷，去到哪裡，挪個最不麻煩的位置，側身遁入長桌，大致望一下吧台裡外，先選一些習慣的酒品樣式，不花俏，穩定的習慣，但求庸碌日常裡一份確定感。若缺乏這份安定，終究無法成為景中的一份子，無法融入景中的時刻越多，景外的城市隔層，還有一層一層的景色會被剝開，人心失依，分崩離析。

以「歸屬」形容之，或許還太輕易。你得找到自己的景與境，才有層層之間生存的本能與愉悅。城市不會吃了你，但你得有容身基地，得有哪裡可去，甚至得有心靈上的秘密基地。閉上眼，我的想像就是各個吧台。在城市裡恍神，腦中總有海市蜃樓，其中最同質、卻又各自展開的漂浮，漂浮之中，像是一個一個月台，搭上吧台列車，去到記憶或者將成記憶之處。像宮澤賢治的銀河，只是你已經長大。

有一關鍵：不能總是帶著得失心。你永遠不能確定下站的時候，是在對的時空裡。即使是熟悉的吧台，也可能遇上失策，心情不能一波流被帶走，因為，能放棄的事情越來越少了，不是嗎？有時，吧台手帶著歉意的眼光，「今天的客人素質真是抱歉」，也要能體會。相對而言，若恰好搭到一站陌生姣好之處，不妨多幾次的觀察，這城市走味的奇想，不在少數。

能帶給自己歸屬的，往往不會是那些最「完美」或「理想」的吧台。不會是那些一期一會的吧台，對於浪漫的想像，不能只是一張手機裡經過修圖的照片，或者社群裡的動態，而是你能安心坐下，說出「今天喝一樣」的吧台。而吧台手之所以如此重要、令人尊敬，即只要有他們在，那個吧台便是好地方，無論風格，無論周遭。

我常覺得吧台手是世界上最具「權勢」的職業之一。每天有意無意，聽見多少隱密的故事，放了多少自己思考後選擇的音樂，綜觀四方，一條長桌是城市縮影，且尚能夠調度客人、確保飲品的品質，多維度時間感，多角度的觀察。有些店，後來加了人手，但見老客人進來，店長側身，在吧台內一聲吩咐，「這張單我做」。或者無意間「插隊」，把自己休息的時間差，換給熟客的等待，那一杯咖啡在滿單之時，是無可比擬的互信架構。

有些人總問我：「有什麼新的店家值得一去嗎？」隨著年紀，我漸漸失去冒險精神，如果說是「時間月台」上的等待狀態，我寧願把失誤的機率降到最低，因為再也喝不下太多為了嚐鮮而嚐鮮的飲品了，咖啡如此，酒亦然。我得看見、問到能夠確保自身時空品質的吧台手，繞來繞去，最後也就幾家店跑。雖深知自己損失了什麼，但也明白，吧台的存在，始終最重人味。

也就是如此吧。能在熟悉喜愛的吧台，相約／相遇自己也珍視的人事物，城市的溫度頓時能像酒精，隱隱發熱，把放鬆的情緒給擴散開來。或者一杯值得專注的本格派咖啡，適合打開一天的感官。對我來說，在身旁側身聊天的情境，比起各自盤據桌子一方，對著面，更有人味呢。

我格外珍惜與「可以在吧台聊天的朋友」與情境，有時各自望向前喝各自的酒，想到一個事情想講，自然而然地轉個頭，不失禮。

說到底都是習慣，我始終能理解不喜吧台的心情，但也就是如此，越是能理解，我越執著於這份習慣。好似進來、離開，都能不張揚，側身，彎個腰，提起行包，付了自己也清楚的錢，遇見雖不想告別，但下次一定會再見的人。銀河列車上，已經長大也沒有關係，有些時空，讓一群人一起前進，只屬於彼此，一句問好，一次喝到剛好的微妙之情，吧台應當是最低調的所在，遁入城市的密碼。那使你珍惜自己所擁有的機緣，不忘記仍能到達的、可行的溫暖。

其實不曾突然的雨

雨似乎總給人一種突然的感受：狼狽的奔跑，便利商店的傘，騎樓下擁擠的人們。如果你待在某個室內，似乎也覺得幸福感倍增。

天氣大好，坐上朋友剛剛保養好的車，「天氣好好啊」，他說。「可是你比較適合雨天」。

我知道這句話講出口，朋友無多餘心念，舉凡奔跑，陽光，運動流汗之類的事情，總是很難跟我連結。我是不是比較適合雨天？或者雨天代表的一切？

燥熱依舊的街路，我走過略顯陰暗的天，嗯，可能要下雨了。走進一家二階咖啡館，偶爾來，但跟老闆莫名有緣分，店裡永遠是低調的電子實驗音樂。

下樓抽菸時，正好時值放學，高中男女已經有人打起了傘，一陣陣的走過，兩三人共用一支小傘的畫面也有，覺得無所謂依然大聲聊天的也有。上了樓回店裡，雨真的下大了，我卻不知怎地想要離開，前往別的地方。跟店內氣氛無關，是心情裡一種「外在的現實突然改變」，而我想要吸附於那樣的改變，讓自己的狀態也跟著改變。這份心境，近來常有，或許意識到，自己漸漸懶惰，漫漫長路時間地點，我仍喜歡做一成不變的事情，然而又急切希望改變些什麼。

「下雨了欸，剛好躲雨」老闆露出不太容易見到的笑容，這使我安份許多。是啊，急什麼呢，躲一陣雨不好嗎？不那麼狼狽、不那麼無奈，不好嗎？有雨便躲雨，有陽光就走進陰影，我究竟在想什麼？為何急於迎向現實裡的變異？

其實沒有所謂「突然的雨」吧。先不探討「突然」是什麼，最平凡而簡單的認知，有什麼「突然」的事情嗎？氣象預報時常被說不準，然而準確時，總還是這麼突然哪。

「正好躲雨」而「適合雨天」的我，我想認識這樣的自己。我想認識以為突然的自己，透過雨，有時透過不存在的愛人，或者一盞小燈下，品飲不特別講究但其實非常棒的咖啡，幸與不幸，我居然對自己感到陌生。如常是什麼呢？如果「突然」可以是一個朋友微笑的說「剛好躲雨」，如果有人認為我適合雨天。

打起雷聲了。躁動的不是氣候，是我。突然的不是現實，是我。這杯咖啡，有酸梅糖跟糖炒栗子的甜味。我有傘，但，先不離開，先不離開好了。低調的電子音樂，跟雨聲，很是搭配呢。

（紀念在「吉印」咖啡館的日子）

夜燈

一到房間，打開行李箱，衣服果然，全皺了。
一時之間，路上的擔心成真，我好像也放了個心。
房間很漂亮，沒有變。手作感十足的典雅，再多一份就矯情。
把皺巴巴的衣服，全都放上三個人都睡得下的床，碰的一聲，我倒躺在衣服之中。
很舒服的床，一躺上就想睡，跟當時一樣。我記得，我們就這樣先睡了兩個小時。

醒來後，喔，我是說我自己，先到樓下抽了根菸，四周寂靜得像是你還在。

但我們一起時，我是不抽菸的。

沒換衣服就下樓，因為衣服反正全皺掉了，沒啥好換。上了計程車，坐了一段距離，到一個小吃攤，一邊賣麵一邊賣湯，都很有名。我排隊，在人群中大汗淋漓的吃著食物。食物味道也沒變，被高估的美味，無可批評的價位。因為曾經來過，我一點都無法投入。

又坐車回到巨大的房間。真的好大，你那時跟我說的大，真是大。不過現在，是空曠。

在跟我平日所居住的套房一樣大的浴室裡，洗了一個小時的澡。我是不泡澡的，但也泡了，水蒸氣把手錶弄得霧茫茫，這時好像可以把衣物拿進來，等等就不那麼皺了。

誰在意。

房間沒有電視，很好。我裸身坐在沙發，天哪，這房間還有天殺的沙發，真正的沙發，不是那種小旅館裡面偽裝的兩人座沙發，它是一整個沙發。完整到像是，我不坐一下對不起它。

我拿出手機，電量還足夠，那就算了。這裡沒有wifi，但有幾本雜誌擺在沙發前的茶几，對，也是個完整的茶几，夠你放一整個個人電腦跟十二吋披薩，外加一瓶紅酒。就是這樣的茶几。

我翻了翻雜誌，都是日文，看不懂。

真的無事可做耶。這種地方，就是有一種無事可做感，你管它叫悠閒，可以，管它叫做無聊，可以。我管它叫做，你。

我當然是因為你才來到這裡的。你當然不在了。

我笨拙的一切行為，複製，以及思考，都像在演一齣已經下檔的戲。觀眾都走光了，我還在台上準備謝幕。後台當然也是一個人都沒有。搞不清楚是在彩排未來，還是謝幕過往。

笨拙啊。

我帶了電腦來，準備在這裡待上一週。我是這樣訂房的，一週。但才不到一個晚上，可悲的氣氛已經尾隨著夜色籠罩。對喔，畢竟我先睡了兩個小時。

接下來我要偽裝性愛已經過去了，準備上床睡覺了。這部分好難。好讓人困惑。

我想起你的身體，盡量不用形容詞的話，我只能說，別人，沒有人，有這樣的身體，像你。像我癡迷於你。像我得到的一切，柔軟，不對，柔軟只是形容詞……

我來此哀悼你我的死，是的，太乏味的爛漫了。你我的死，其實只是愛情的一種樣式，卻是我的所有。所有是什麼，所有就是剛剛好擁有你的一切，剛剛好。一個非常中性的，無體制的，有點笑鬧但絕無諷刺意味的，你的一切。因為那也是我的，後來。

後來一直到後來，就變成現在了，不覺得這很令人恐慌嗎？突然間你會發現，完了，是現在。

我才不要現在。我要你。

歷經許久，我才決定回來這裡。我說的回來當然是因為你。沒有你，沒有歸來。

所以現在，去你的，現在，我是前往，不是歸來。

我前往一處我們相聚的場所，在那裡曾經度過的美好，還是很美好，只是在腦中，碎裂了，剛好裂成一種，修復不好，棄之可惜的狀態。你說想來這裡，聽說環境舒服，地方很大，很能放鬆……我那時候不知道耶，你說的，我相信，但來了之後，我曾對你說一句，這裡真的很好，以後再找機會來吧。

我很少說這樣的話。

然後我也沒有機會了。喔，當然，我現在是在這裡沒錯。

我記得，我是說，之後找個更空閒的時間，來這裡，我寫作，單純的寫作，不為了其他事情。不寫雜稿，認真的每天躺在這個床上，跟你一起晃蕩，這裡很大，你可以在茶几上看書，或者做一些你喜歡而我也無所謂的事情，而我雖然知道一週後不會寫出任何鬼，但還是可以進入某種狀態。

我所能想到人生最幸福的方式只能這樣。我的想像力跟要求，都很匱乏。就像當時你說，你不再愛我時，我能回答的，也很匱乏。

無法要求你愛我更多，雖然我希望，也覺得你可以。但我真的太匱乏了，我那時腦海冒出的一切，都被匱乏所矇蓋著。我到底是有多麼匱乏的，面對原本可以存在長久一些的事物？我好像只能把菸抽完，沒了，唱片聽完，停了，書看完，放下，不愛我了，結束。我從未想過自己如此匱乏。

好不容易關了所有的燈，你知道嗎，一個人處理這個房間所有的燈跟開關，就像處理所有的情緒，大大小小，多多少少，一下這裡，一下那裡，不可思議。躺上床我瞬間望見門邊還有一個夜燈，天哪，我起身，走向它，心想，怎麼還有⋯⋯

但我沒有關掉它。我坐在門邊。一扇舊式木門，看來一撞就倒的木門，旁邊這盞小燈，原來它一直都亮著啊，嗯？

我癡癡的望向它，好像它是水晶球。其實並不像，它是一個存在感很強大的，極具設計感的小燈。它的微光是那麼穠纖合度，如果有人健忘，就會忘記它，是這樣的存在感。

當然，是因為一個人無事可做的悲傷，才發現它。與你一起在這時，我不記得有這回事。搞不好，從那次我們來，它就一直亮著也不一定。

醒來時，我的睡袍完全的脫落在地上，木頭地板。天亮了，雖然我把窗簾全拉上，但日光還是桀驁的透了進來，像你每次故意叫我起床時，會跑去開一點點小縫，使我刺眼，我有點討厭你這樣，但我也常對你做同樣的事情。

我在這小燈旁睡了一夜。

門外開始有人的聲音上下樓梯，但並不打擾我。此刻沒有事情能夠打擾我。我多麼寧願被打擾。

小燈無情，突然熄滅。

名為芬內・莉莉的調酒

習慣把外套的領口稍稍拉緊，踏上二樓的煙霧瀰漫。已是秋季，點一根菸，隨風燒得很快。

分不清楚，是為了抖開日子裡的灰燼，一根燃燒殆盡的菸，或是為了在生活裡再次得到火光，踏上這二樓。諸多感受，在城市的挪移中麻痹，背景的虛化，輪廓無光，腦海因前一夜不足的睡眠，沉甸甸。沒有方向時，得找到問題的所在，找不到，就喝上一杯。這樣的流程不會導致任何的愛產生，閉上眼，小小的悲劇依然在不近不遠處，你真能對它舉杯嗎，比如說，生命。

你真能對它唱一首歌嗎？寫一句話？歌頌僅有的美好？踏上二樓的階梯略有陡斜，寬度僅能容一人上下。今夜，當你坐在吧台，會不會有一點機會成為那些鮮明的人？馬修史卡德，波特萊爾，村上龍，Eddie Vedder，Nick Cave，Serge Gainsbourg，馬丁史柯西斯，朱天心，細野晴臣……以想像與酒精借位，打轉於故事與音樂之間，影像與時間。所短缺的，從坐上酒吧那一刻，放鬆，掉進他人賦予自己的能量。要歷經多少過剩的浪漫，才會成長？千萬不要細數香菸與咖啡，千萬不要以為這就是最後一杯酒或最後一次藍調彈奏：當你坐下，打烊的時間只會越來越近。你還以為自己能更早離開。

有時遇見熟人，有時遇見似曾相識的陌生人，有時候想喝熟悉的酒，有時想遇見似曾相識的酒。酒吧可以隨時是夢幻的，也能是殘酷的，兩者交織，亦不違和。小小的窗邊，夜的光線透進，甚至不可能比得上一盞桌上的小燭台。第一杯酒，年輕的酒，基酒有微微的甜感，入口溫潤的琴酒，雖是親切好進入，甜感卻不走絲滑，細緻感不待咬口，舌尖略帶通寧與花香，但僅從舌頭兩側滑過，再回到溫潤，說不上成熟，但很早熟。

這支酒既是新穎的款式，卻不讓人感覺驚訝或陌生，熟悉裡有驚喜。那份恰好的溫潤，讓人想要馬上再飲下一口，這次不那麼快的吞下，原來那甜味之所以引人入勝，就是因為有其炙烈與醇厚，類似白蘭地的甘醇，並不輕盈。這是芬內．莉莉（Fenne Lily），來自英國多賽特（Dorset）的新口味。

她很早就開始唱歌。十六歲便開始在各個表演場地演唱，不過幾年時間，已經唱進 BBC Introducing「特別引介」的舞台，身影穿梭在大小音樂節，二〇一八年，二十一歲的她發行了首張專輯，並替知名民謠歌手們暖場，同時間，在音樂串流坐擁百萬聽眾。歌曲裡的她，總是像個縫紉者，千絲萬縷的情緒，被織成針織衫，真的冷的情緒裡，是不能提供太多「保暖」的，但總有許多時候，大衣太厚重，沒有太陽，風略略的襲擊，這時，芬內．莉莉的歌聲與語境，就替耳際與心情套上了那件針織衫。

這份針織衫的成分，可以充分被理解。先是受到 Nico 的影響，也從 Joni Mitchell，Nick Drake 跟 PJ Harvey 的音樂裡找到養分，聽芬內．莉莉的音樂，確實有一份絕對的私密感，一如前述這些經典歌手，她的私密裡，也充滿了疏離。第一人稱的寂寥敘事，總有第三人稱的窺視感。不甜膩，有其清澈，不柔軟，但有著慰藉。對我來說，她也有著 Cat Power 或 Vashti Bunyan 的質量與想像。

在非常民謠的脈絡裡前進，喜愛原音伴奏的聽眾，絕對不感到陌生。音樂裡的她，如此純然，不見青澀，唱著唱著，如極短篇小說的畫面感，透過鋼琴與吉他聲響，偶爾加上弦樂，述說著年輕的世故。最近，芬內．莉莉發了第二張專輯，《Breach》，可以「裂縫」之名理解。年少輕狂的奇才見多了，年紀未必是印象分數。然而，她光是吟唱的穩重，和聲的編排，氣音的使用，確實造成了反差。音樂裡緩步進逼的熟成與呢喃，說是出自風霜飽浸的歌手，也不讓人絲毫懷疑。歌詞裡依然青春維特的反思，則成為另一個反差之美。反差之間的加分，使人一聽難忘。果然是極佳的「裂縫」。

青春烈酒，悲歡苦甜，味道均衡的通寧水，在白蘭地的香甜感裡，以哲思為配方，以生活寫實為基底，造出優雅的「裂縫」，既有多樣人格，卻又合一敘事。像合宜的琴酒為底，你知其有烈感，卻能先被澄淨說服，漸飲，方知這份「裂縫」在老成的沉醉中隱隱發痛，不再爆裂。她唱尼采（〈I,Nietzsche〉）時，確實巧妙說到了「上帝已死」，但，端出哲學，終究是為了服務「我需要你」的諧音（"I,Nietzsche" 唱起來像 "I Need You"），傷感的追求，會心一笑，精妙。

另一首歌曲〈Birthday〉，她巧妙的唱起 "head"（腦子）跟 "bed"（床），不斷重複著的副歌，描繪出另一次諧音裡，情感的荒唐，「你說我在你腦海深處是最重要的事，而她在你的床上則若無其事」。另一曲〈I Used to Hate My Body But Now I Just Hate You〉，「當我感到孤單，抽著菸直到不再失眠／來找我吧，浴缸越深越冷／結束我們曾經開始的事情，在一個有景觀的旅館裡／我曾是這麼恨我的身體，如今我只恨你」，好似那部電影「做愛後動物感傷」，哀傷的深度，已超過思考層次，回到身體，而感官也凋零。太過犀利，確實四海皆準，尤其格外平靜的嗓音，反而使畫面盡顯波濤。究竟是怎麼樣的思緒，能帶領一個歌手不但早慧，還能聰穎至此？

在專輯裡，芬內．莉莉的怨念，多麼迷人，苦澀一滴，像是既視感（Déjà vu），最有風度的那一種。弦樂是醇厚的強化，歌聲與吉他是不需情調的專注，喝下這一杯，順口而烈，美，不耽溺。略微快速的品飲，會有白蘭地的重量與暈眩，當然也有留戀；慢慢的，隨著冰塊融化的速度喝，酒精濃度下降，更顯風味多層。「孤單再也沒什麼好難了吧，既然你還要面向日子，你選擇了忽視／孤單再也沒什麼好難了吧，聽那警報聲，聽它悲鳴」。

拉緊了外套的領口，回家仍可思考、只是無法選擇是否會失眠的時段裡，有點太清醒地踏下樓梯，搭上一台車，口齒間仍殘存烈酒的甜，芬內．莉莉，Fenne Lily，下次再喝一次吧，是否會甜蜜，是否會更苦澀？時間有其裂縫，從難堪而直覺的溫存裡走出，家不遠了，雖然，也只是一個讓我能好好刷牙的地方罷了，就像她所吟唱的那樣。

有夢的臉

1.

大衛林區的電影，《驚狂》（Lost Highway）嗎？酒吧裡，突然出現一個怪異的光頭，與主角說，「接電話」。

如果他不接呢？接下來難道不會有故事嗎？

就不會有夢？該說是那一張刷白的臉，改變了故事在真實與夢境之間的關係嗎？

高速公路上的奔馳，過度的色彩校正。人物沒有離開，他們變得很怪異。這份怪異，也只是相比於螢幕前的人們。

觀看著螢幕裡的夢境，我們想要理解，會不會，真正反射出更多夢境的，是螢幕前的我們？

在快速眼球運動都尚未開始之時。夢的引笛者，如果是自己。

在夢外的異鄉，徬徨的臉。空無一人的廣場裡。

在月台上，透望窗外的疲憊雙眼。無喜無憂。

一首最熟悉的歌曲，你忘了歌詞。

解剖，分裂，腸與肚，蔓延，呻吟，搖晃。

找不到的劇本，散逸的臨時演員。

工作人員字卡上有你的名字。那是你沒去過的廢墟，你的代碼。

你敢，不夢嗎？

你的名字叫做Ziggy，那些星塵的主人。

2.

夜色壓境，在這個狹小的屋子裡。在狹小的屋子裡的舞台上。她的臉龐，在舞台上有陰陽融混之姿，妝容明顯為戲劇，弄得過分，掩蓋了本身所有可能的自然表情。和服裡裹了層層淒厲，她一遍一遍的，用高對比落差的聲韻吟唱。

舞台上，僅一盞昏黃追蹤燈跟著她。不由分說，從哪裡進來的一切，盡是陰翳。舞台附近一枚花器，若無其事，只佇立在旁，裡頭無花。另一面鏡子，具有奇特的新穎，明亮，邊框鑲上了銀邊，極度不適合放在這場景裡。

她的肢體緩緩挪移，壓低了下盤，雙腿蜷曲，不合人體工學，卻極為美麗，加上和服的豔紅，那不像是人，而是一抹色澤的流動，如枯山水裡頭的造景，只是整個場域，被提高了色階。

配上的曲子，單純，一古箏，一簫，樂器雖傳統，卻以當代極簡主義的方式編排、彈奏。弦上之音，針尖上執著，與簫的高頻，調和成極為不對稱的美。舞者盤旋著，聽來突然卻絕不偶然，「赫！」的喊聲，擔任了節奏的角色。這不是讓旋律鋪陳的場合。

舞者的汗水漸漸讓艷抹，被弄花了一些些，即使是刻意畫上不易脫妝的唇色與粉底，這運動量還是太大、太持續了。好幾次，我以為她是鬼魂，不是人類，直到看見，汗水滲出。

幾乎無靜止之時。舞者的節奏，看似緩慢，每一部分的演出，都扎實無比。

我分心望向一旁物件。既看似無光源，銀色亮框的鏡子卻仍能反射出炫異的原色光，是特製的嗎？有其用意？而花器的釉彩，宛如進了窯灶，在不同時間裡，吃進了鏡子反射之色與光，釉，於是從樸素的陶色，轉成為漆器般的微亮。但花器仍是陶，唯有燒釉，才有這份吞噬光影的本質。窯燒時，陶器吃進不確定的灰，造成獨一無二的作品，在這裡，陶器吃下的，乃是不確定的曖光。於是，也顯得獨一無二。

我所在的觀眾席，鋪上簡約竹編的席位。完全被黑暗遮蔽，渴望光的同時，只能望向舞台。這黑，無暈無染，讓我感覺近似時尚設計圈所迷戀的「純黑」。身在其中，時間一長，或多或少，有些恐慌。恐慌也使自己感受，鼻息之間還存在著厚重的呼吸。

若說夜有不同樣式的陰暗與黑，這裡的確是壓境的、隱匿的黑，既是主動，亦是被動。然而變化只在觀眾席以外的地方。舞者、花器、鏡子。音樂從哪出來的，亦無從知曉。一層黝黑，被另一層同質不同調的黝黑覆蓋，再被一層黝黑覆蓋……沒有布景與裝飾，黑色彼此無法抗拒彼此，無法掩護彼此。

波浪一樣的黑，層層襲來，又褪去。在此暗浪中，觀眾顯得無可遁脫。

其實舞者也是。她的豔紅與肢體，固然對比了周遭的色調，卻讓嫵媚的絕對性，遭受到無名的壓抑。無「名」，有狀。形體可以動作、反應，舞蹈本身的編排，卻不然。她的舞動，也是構成闇的重要部分。

追蹤燈倏忽熄滅，音樂也停歇。舞台的行為，被切斷，一時場內完全無光。

我卻能隱約感受，舞者尚未停止動作。

如果我能看清那本該遍佈汗水的臉龐，而不只是妝容，如果我能瞥見動作真正止息的最後一刻，聽見喘息，當音樂停止。那一張有夢的臉。那一聲聲「赫！」。

像是目睹了最好的即興。來自未來也來自現在。來自星塵。

3.

醒來時，他以為這是一座巨大的，空蕩的機房。運轉著的是自己不堪的身體。

無聲無人，無動，無靜。他被陌生感搭訕，竟不感任何孤寂寒蟬。我很安全，我很安全，黑暗裡，不再有人干擾他，那面巨大的鏡子也照不出自己的任何情感。

機房停下了。久了，那一座遙遠的城市挪移著，靠近著自己，像是摸索著，掏著口袋裡的手機，那只是習慣罷了。斷訊，離線，他想要的一切。

城市不改，姿勢不改，他腦海裡的自己，窩縮著，有點寒冷，時間迷幻而巨大，但他避了風頭，在這停止運轉的機房裡，回到母體子宮，失去座標，參考一陣陣的眠意。

迴旋後，踏三步，音樂下，從舞台側離開，等半分鐘，燈變，再出場，衝，停止，燈暗，燈暗，不動。

大氣不喘的不動，必須要經過鍛鍊。可以想做是靜止，但那是狀態，你必須先動，然後急停，戛然而止。心跳的快，要躲藏起來，等待下一步。身體的汗水，被空調冰凍，格外切齒，撐住，忍，停。

一陣實驗工業風格的電子噪音響起。

在深海裡，人們的溝通，必須用手勢，排練場中，進入真正最後階段，那也類似。不多話只因動作皆已深植腦中，無一能做的是練習，不中斷的對應著伴侶，一個或兩個，一小組，一群。看似柔軟的身體舞動著，對話卻已經僵硬，緊繃而悶熱，聽不見彼此的氣息，排練室裡空調越來越不合邏輯的冷，趴嗒，趴嗒的時鐘聲，提醒著這段練習其實就是人生。全部，在上了舞台後你所望塵莫及的，你所遺忘的，所遺憾的，再也無法思考，人生體驗已經過去，排練之後，只能奔放，只能鬆而不懈，止而不息，一步錯，步步錯，全錯，也可能只是全對的一種，多數時候，看那座機房的運轉是否如自己所想。

他以為這是一座巨大，空蕩的機房。上台前，他獨自排練室待著，思考，吃飯，聽音樂，他不再特意地複習動作，只伸展肢體，試著再柔軟，更柔軟，再柔軟……這裡就是全部了，過去後，再也沒有意義。舞台只能是一場又一場的流逝。

再次入睡的前一刻，因眼睛已習慣了這黑暗，他矇矇望見排練室巨大的鏡子，驚見舞伴們的身影，在灰塵一般的光裡，他縮了下頸子，在巨大的機房聲音中，墜落。

伴隨著那墜落的，是已逝的預言。以及寓言。

4.

你敢不夢嗎？當你擁有一張，有夢的臉。

瘋狂的小號手、漫長的失途、離散的伴侶、狂妄的陌生人……莫名的對話。

現實苦短，遁入非現實中，卻走不出迷途。

有夢的臉與真正的夢之間，海市蜃樓的舞台，飆奏的迷幻小號音色，無動於衷的聽眾。

那男子，抽著菸，在攝影機後，看似沉睡，實則用魅惑的雙眼，堅定著望向前。

「你也能成為英雄，即使，僅只那麼一天。」

即使，僅只在夢裡。

（謹向 David Bowie 致敬）

你看過《地球之夜》嗎？

1.

時常做一個夢，在陌生的月台之間移動著，坐在區間車的椅子上，整個車廂只我一人，窗外的景色幾乎不變，時間很慢，直到車子停下來，像是到了終站，又像只是停了一個站，難以分辨。

與其說踟躕是否該下車，更踟躕於「我該在哪個站下車才對呢？」就這樣，在夢裡想著，在現實裡清醒了過來。

你看過吉姆・賈木許的《神秘列車》嗎？大概是那樣的列車行駛速度。緩慢但足以說些故事，有些故事卻也不需要急著講。鄉間走路的速度，西部電影配樂的速度。

某一天凌晨，睡前，特意找出《神秘列車》的DVD，放入PS主機播放。數位修復版，日本來到美國朝聖的情侶，面孔格外淨明。這一批特價二九九的數位修復DVD，是一陣子以前決定全部買下，不再全然倚賴影音串流上是否有存檔。有吉姆・賈木許、文・溫德斯、高達，都很便宜。有些我先前買過，只是丟失在老家倉庫不知何處，算了。

明明本來是要看《地球之夜》，卻播放了《神秘列車》。時常這樣吧，「好久沒看了」，那就看這片，心情使然而已。或許，是想到了那個我時常做的夢嗎？也不清楚，或許吧。於是《地球之夜》也仍未拆封。

日本情侶到了貓王的成名地，下車後，拖著那只皮箱，因為曾看過電影，我知道裡頭都是T恤之類的，他們跨過空蕩的小鎮路上，找了一處旅店投宿……

這時，小Z披著毛巾從浴室裡走出來，沒問我在看什麼，擦著髮，逕自在我一旁坐下，跟著看了起來。日本情侶入住了一處幽暗老舊的旅館，正在看牆上的海報。

「你不吹頭髮嗎？」

「等一下」

「不是該早點睡？」

「等一下」

影片分成好幾段，賈木許的強項，同一個故事，不同段落的角度。

「看完這段就去睡了吧你」，小Z隔天是一早的工作。「好啊，再看一段」。

小Z很不聽話的把整部片全都看完了，我也沒暫停去廁所，或者做其他事。影片播放途中，只有小Z用吹風機呼隆呼隆地吹著頭髮，片中的酗酒男子開始發作。

凌晨五點，我跟小Z就這樣專注無比的看著這一次的《神秘列車》。「這一次的《神秘列車》」是我跟自己後來講的。其實大概已經看過這部片三次或五次了，小Z是第一次看吧，我想。

放完影片，小Z跟我把字卡也看完，什麼也沒說，她就去睡了。

反正她自己起得來。

我沒把DVD拿出來，就看起了電視裡的體育節目。

2.

要把新的遊戲片放進PS4，才發現裡頭未拿出《神秘列車》的DVD。

小Z因為工作忙，好一陣子沒來借住了。哇，這樣想來，這DVD待在機器裡的時間真夠久的。

邊這麼想著，我決定再看一次《神秘列車》。遊戲片……反正等等會玩到吧。

總是會玩到，就像本來要看的其他片子，總會看到。

其實那一批數位修復，從頭到尾我就拆了兩片，而且非常隨機。除了《神秘列車》，就是《巴黎，德州》。

《巴黎，德州》DVD就看過那麼一次吧，為了要寫文．溫德斯的文章？記不太清楚了。

反正就在機器裡，當下非常想看。

還是時常做那樣的夢呢。坐在區間車裡失去時空概念的流動。不知該下車與否。

影片開啟，火車緩緩地駛進小鎮。富含搖滾榮光的破舊小鎮，朝聖的日本情侶，男生在車上抹著髮膠，貓王造型，下了車，點起美國香菸，與女生同享……

他們住進旅館後，我在沙發上睡著了。我夢見小Z，和我坐在那輛火車上，《神秘列車》裡頭那一輛。到站時，我拉著行李箱，跟小Z一起跨過沒有人的街道，在長凳上望著夜空，還有殘敗的遊樂園燈光。

賈木許講故事，還真行。那些場景在我的列車夢境沒有經歷，卻像海報一樣嵌進腦海，漸漸的，我夢裡的車上，有了其他事情發生。

比方說，陪伴。

3.

「你看過《神秘列車》嗎？」

我從沒有這樣問過小Z，從片子的中間開始看，她知道自己在看哪一部電影嗎？

反正呢，她沒問我，我沒說。

很久以後，在我發現光碟機裡面的《神秘列車》又看了一次後，小Z說人在附近，問我在家嗎。

過來吧，在啊。

那晚她拿起DVD空殼，說「這是上次看的那個吧」。是啊。

「從頭完整再看一次好不好？」

當然好。

邊喝著威士忌，再跟小Z看一次《神秘列車》的時候，我鮮明地想起第一次看這部片的時候，友人從對岸買回來的盜版碟，僅一只紙套封著，廉價的亮面塑料膜，甚至不是一個完整的殼。我欣喜若狂，終於有機會看這部片。於是在當時工作的書店，打開投影機，一邊看，一邊在心裡抱怨著翻譯很糟糕，投影機的散熱不良，機器有點轟轟作響，我便是在既是抱怨也是開心的狀況下，就著那份熱氣，第一次看了這部電影。

此後幾天，見店裡熟客來便問：「你看過《神秘列車》嗎？」到處推薦。後來那光碟好像壞了、報銷了。

記得有一位熟客，跟小Z的氣息頗為神似，這樣一想，是有這個人沒錯。我問：「你看過《神秘列車》嗎？」她用很緩慢的語速回我：

「嗯，有喔。」

我吃了一驚。

雖然始終不知道為什麼，我那時總是對那位熟客感到好奇，開書店的時候。

但始終沒能多聊上幾句。就記著有這一號人物。

店裡播映電影時，她都會來。

4.

跟小Z是在職場認識的，那時我們一夥做過一份很忙、很累的企劃執行工作。每天都加班，小Z一開始不在我部門，後來被調過來。

我們總是趁著閒暇時，叫公司對面那間其實很難喝的咖啡，在一樓門外抽著菸，累到不太講話。但小Z確實幫了我很多忙，她如果沒有調過來，我大概會有更慘的工作經驗。

離職之後，陸續跟幾個同事有聯繫，革命情感吧。但對小Z聯繫得更勤，直到後來，也不太跟其他人有聯繫了，但跟小Z偶爾出來喝咖啡，聊一些瑣碎的、記憶裡的事情。都在這個圈子裡，小Z小我一點歲數，有點汗顏嗎，我也沒能像個哥哥一樣照顧她。小Z，是個小大人。

她似乎經歷了比我更多的事情。每一次遇見，她都面對著不同的、極為現實的問題。但我們不是前後輩請教的關係，反而更像是曾在同一艘船上，而且很可能仍然在同一艘船上，經歷了相似的風浪，前前後後，圍繞著同質性的職場焦慮，當然也包括那些早該引以為鑑的鳥事。要說起來，所謂「虛長幾歲」，大概就是這樣吧。偶爾互相問一些其實彼此也知道答案的問題，可是，現實裡，這一行的難關總是一樣的。

從來不覺得小Z世故。但她確實幹練。可能也是因為這樣，資歷累積得快，無形有形的傷痕也多。她不曾用抱怨的方法談這些事情，或者，是我並不覺得她在抱怨。講到很荒唐的事情，能夠一起苦笑出來的人，無所謂誰跟誰抱怨什麼吧。

有一陣子，小Z工作的場合離我住處近，偶爾來坐坐聊天，吃吃喝喝，看看電視，當然也邊聊著新發生的荒唐事。每每聊天，我越發覺得自己對她所知甚少，為什麼明明算是熟識，卻總是有這樣的感覺？一個夜晚過去，問她要不要借宿，若隔天剛好也要出發附近，也就在客房，睡個幾小時。

就這樣子，我跟小Z有點像是某種室友或閨蜜，度過了一些日子。

某一天，她趕早上六點的車要出差，我剛好還沒睡，兩人相視而笑，各自覺得日子裡的自己也是蠻誇張。

然而，如果沒有另一個眼睛看著自己，也沒有什麼好誇張了。比較牽強，同時也濫情的說法，沒有陪伴與理解，誇張的事情，哪會真的那麼誇張。或許我跟小Z扮演著一種，允許「事情真的很誇張」的關係吧。

然而，時常又是好一段時間沒特別聯繫、沒特別遇見。不是無所謂，這就是我跟她的節奏吧。

就像，你很難說，我們為什麼一塊看過兩次的《神秘列車》，在同一地點，幾乎同一個時間段。認真說起來，我們真的曾經約去影院看電影，一次也沒成過。

大概是知道不好強求的事情很多，便不求了。剩下的，也就是靈光乍現。

就像吉姆·賈木許總是能用幾個角度講故事，可是我獲得的感觸，都能連起來。

5.

夜裡，我獨自到離住處不遠、開到很晚的酒吧。想喝一杯Old Fasion。

自己坐在吧台喝酒、喝咖啡、吃飯，都是稀鬆平常的事情了。不需要理由……真要說的話，剛結束一場音樂獎項的評審，算是自己能好好喝一杯的理由吧。

這是我想事情的時刻，一般連手機也不會拿出來。但還是滑了滑新聞跟臉書，看一下獎項後續。

當然也不會去找誰問，要不要一起喝。

所謂孤僻或者只是習慣，也算是一種能力。從年輕時候起，就都是這樣的。

有人一起，不總是都好。累了一天，更是如此。是為了安靜來喝一杯。

是這個時候，小Z傳了訊息給我，她今天也有跟獎項相關的工作。她傳了一張照片，裡面拍的是《神秘列車》的某一個精裝版。

「下次帶給你吧，哈哈。」

「好啊，謝囉。」

沒想到有這個版本呢。

回完無關痛癢的問候，我心裡感覺，想要找小Z來喝一杯。

不過，並沒有這麼做。

回到家，洗完澡，一天下來的疲憊感，也該夠累去睡了。這種時候，腎上腺素總是好像噴得太過，以至於累到無法睡著。我望向那堆DVD，咦，它去哪了？

找了PS主機，裡頭也沒有。

真想不起來。

那就算了。

我於是終於打開了《地球之夜》，第一場戲，青少年的薇若納·瑞德，帶著狠勁講完電話，替乘客扛了行李，叼著萬寶路菸，開車上路。

我一直認為這部戲裡頭的薇諾納·瑞德，是不可複製的。人家想到《計程車司機》，會想到勞勃狄尼洛，我則是永遠會先想起《地球之夜》裡的薇諾納·瑞德。青春、純潔、幹練、不拘小節、小大人……很迷人的形象。

每一次看，都很迷人。

小Z在幹嘛呢？

也該忙完了吧？

或者，正準備要開始忙？

不知道，不管了。但，我自己又替杯子裡倒了一些些威士忌，嗯，就這樣把電影看完，直到早上吧。倒完酒，瓶蓋還沒蓋上，手機傳來了訊息。

嗯。

好啊，過來吧，我在看電影。邊說，我決定先按下暫停，雖然不能理解，自己為什麼這樣做。

「你看過《地球之夜》嗎？」

去看那場爵士樂演出以前

1.

深夜三點，酒吧打烊，他跟他還沒喝完烈酒，於是快速的碰了杯，一口飲下，把酒保遞上來的溫水也一乾而盡。店內只播爵士樂，早於他們結束儀式的十分鐘前已經停下音符。

剛好放完一張《Something Else》。酒保把唱針收好，擦拭清理一下唱盤，看似無刻意卻小心，將唱片歸位。突然的安靜，也是安排好的。

只要把事物儀式規律化，客人還沒喝完的酒，也是安排好的。音樂不等人，很多時候，人也不等音樂。

「一句話也談不上嗎？」

「一句話也談不上。」

酒保聽進了兩個愛情故事。客人A跟對象貌不合神已離，客人B始終無法有機會接近喜愛的對象。「一句話也談不上」以此作為一個結束，不如說作為一種嘆息，而下一次來這裡，他們還是會聊著一樣的事情。

「需要替你們叫車嗎？」兩位客人謝過了他，說「沒關係」。B拿出手機，「要不要替你叫一台？」

A輕輕揮手說：「我路邊攔就可以了。」

2.

客人離開了，他拿起手機接藍牙音箱，逼波一聲，音樂從單體圓柱裡噴出來，還是嚇了他一跳，上次忘了把音量關小再關機。替自己倒了一大杯溫水，開始洗杯子，擦桌子。

他自個兒坐在吧台，喧鬧在不遠處，往前算往後算。前一小時，這裡的人聲恰好略略淹過 Cannonball Adderley 的攻勢，再過不到二十小時，迎接著他的會先是 Miles Davis 的咆哮。或是 Charlie Parker。

上班時，他必定先放一張夠「大聲」的唱片，不是音量，是唱片本身錄音。隨著客人魚貫，他才漸漸放起比較「小聲」的唱片，比方說 Brad Mehldau，ECM 廠牌的北歐爵士，客人越是喧譁，音樂越要「小聲」。

他不喜歡那些本身就決定了音量平衡的唱片錄音，他喜歡自己決定轉大轉小聲。這可能是黑膠的好處之一，從音響能調整的更多面一些。

下班前的藍芽喇叭，塑膠的，疲軟的，發出與音樂真實頻率無關的震動，「碰碰碰」的打進胸膛，也不是破，其實比黑膠更立體。也不是沒感情，反正是不同的音樂狀態吧。剛好適合下班臨走前，來一曲。這就比較隨興了，不一定要是爵士樂。

但他還是總放著爵士樂。好像在這略顯塑料的時間感裡頭，就更得聽爵士樂了。他會放一些店裡不放的 Free Jazz，或實驗爵士，最近，他喜歡放「非密閉空間」樂團。

離開店裡，隔壁巷子口早餐店已經拉開大門。一如透過廢墟照映的光，斑駁灰牆裡略顯亮面的部分，從天空打著路面上的大理石步道。

3.

結束一場無謂的聚會，兩人驅車前往酒吧。計程車上是深夜的ICRT電台，DJ明顯過High，用窒息的trap電子音樂灌滿時間。司機把音響開得很大聲。

時間剛好，不太早，十一點了，不過，喝個兩杯，沒問題。

今天，酒吧沒什麼人，連同他們，就三位。酒保用熟悉的模式，替他們調了濃口味的盤尼西林。讓兩人有點訝異的是，今天不是爵士樂。

說起來，這店也從來未曾表明：我們專放爵士樂。不過，越是無以言明的習慣被改變，越讓人無法忽視。

酒的味道沒有問題，酒保看起來也如常，那就更怪了。

「我很喜歡這團。」

「對，我也是。不過，在這聽到，蠻微妙的。」

A點了頭，贊同。這張唱片是Joy Division的《Unknown Pleasures》。

也就是這樣，他倆沒有立即展開對話，而是細細的聽著唱片，喝著盤尼西林。

Joy Division結束，酒保換上The Smiths樂團的《The Queen Is Dead》。

看似漫長，實則寧靜止水的單純聆聽時光降臨。今天，不聊天也沒關係吧。

「剛剛那場你覺得如何？」

「很普通。去聽以前，我還找出了他們的專輯，聽了一會兒。」

「專輯比現場好很多啊。」

「差了不只一個天地。」

桌前各自換上 Gimlet 和 Old Fashion，聽著 The Smiths。剩下他們兩個客人的光景，在這裡並不太常常出現。

「話說回來，你喜歡爵士樂嗎」

「如果是剛剛那場演出，我不會說我喜歡爵士樂」

「那我懂了。不過，我說的不是那麼回事。」

「我知道。我喜歡爵士樂啊。來這裡，本來是想洗個耳朵。但今天很不一樣。」

「但，也挺好的。」

臨走前，他們刻意聽完了唱針上的最後一個音符。Tom Waits 的〈Closing Time〉。

4.

去聽那場演出以前，他掐了時間，先把開店需要預備的東西先大致處理，在門上掛了「今日十點開始營業」。搭了計程車去演出場地。好長一段時間沒有看現場的爵士樂了。有點忐忑的心情，但更像是彆扭，心裡掛記著十點前要趕回店裡，一方面，對於今天的演出似乎抱著過高的期望。

其實，期待很久了。最近店內刻意不放爵士樂，想要純然的把這場演出的心情預備好。是什麼就是什麼，都接受，都想要接受。

真的太久沒有放一場小小的假了。

比想像中更快的到達目的地，場地外頭幾個年輕人抽著菸，有些手上提著精釀啤酒，看起來，聊得開心。他喜歡觀察開場前人們的樣子，而這正是他所認識的場面。

提前走進了演出的地方，在一個二樓的咖啡廳。年少時，在這裡混跡多時，坐進熟悉的位子，朝向舞台，恰好是一個斜角，點了低消的飲品，一杯氣泡水。

台上擺放的樂器使他蠢蠢欲動，差點讓他移動位置，加入了那群坐得更緊密，更靠近舞台前方的人們。但還是忍住了。

光是這樣，他已經心滿意足。即將到來的爵士樂，終於會發生的震動頻響，閉上眼，把耳朵分開，一下子專心於低音貝斯，一下子專心於小號，鋼琴是流動的情緒，一灘灑進心底的活水。可以聚合，可以分散，有層次，臨場感。

就算不是這樣的樂器組合也可以。剛那都是過去的經驗，今天，來的是「非密閉空間」樂團。

光是沉浸在這個氛圍，就很足夠了。等待是多麼美好又近迫。

燈暗了，圍繞著舞台區的觀眾席響起歡呼聲，投影幕上，有了音波的視覺。

沒有預料到的是，他自己居然也跟著歡呼了起來。

5.

看完演出，A與B分別遇見各自的熟人，以及共同的熟人。習慣性的聊了一下，A看見了一個極為熟悉，卻不常於這樣的場合遇見的身影。

那身影似乎正在等車，佇立在人行道邊緣，望著來往車輛。

A與正在聊天的B打了個眼色。B說了聲「不好意思」離開了聊天人群。

「老闆！」

想了想，他們從未問起酒保的名字。一時喚起，覺得怪異，但也只能如此。

「老闆！」

酒保似乎沒聽見。A走近，在計程車剛好到達的時間。

「老闆！」

酒保望了望後頭。眼神飄移，什麼聲音？

不太確定，就趕著上車了，十點要開店呢。

A快步跑到車窗邊，「老闆！你也來聽演出嗎？」

「先生，後面是找你的人嗎？」計程車司機問。

啊，是……

盤尼西林，口味濃一點。

他拉下車窗，愉快的探出頭，看見A與B衝著來的笑臉。

「我先回去開店了，等等過來喝一杯吧！我等你們！」

「沒問題！等等見！」

聊天人群中漫出的菸草味，緩緩地跟著計程車飄走了。A與B相視而笑，未發一言，走回熙攘之間。等等，去喝一杯，今天，還想聽更多爵士樂呢。

後記

久違的所在

這本書定稿於二〇二一年，從二〇二〇年開始整理，一年之間，正好歷經了世界前所未見的巨變，恐怕出版後多年，我和讀者們都會被強迫記得，新冠肺炎（Covid-19）如何改變了生活的一切。

我們早已經過千禧世代，甚至也過了二〇一〇年代，這個世紀的第二個十年，正要開始，對進入三十歲後半段的我，世界觀確實與以前不相同；在這本書裡頭所揭露的，或許正是九年來未有出版品的作者，所面臨的人生心境。

心境又遇上疫情中人際關係的受迫變化，確實，讓這本書的製程，很特別。

這本書，多數藉由許多有形或無形的觀察，延伸、再製而成的情感。與之前所有的出版作品不同，我更想要，或者說更自然而然的，成為一個側記者，勘查自己與他人的連結，以及世間所見之悲歡既視感。這在過往，並不是我作為寫作者的重點——過去，更多的瞄準本我與超我，做為核心，畫出意識流、詭譎濾鏡中的現實，而多數的人物，都是漂流者，包括我自己在內。

虛實之間的朦朧，已不太是我想要在這本書中，傳達的風格與觀點。寫作練習，也到了轉折之處，恐怕是歷經了多年來書寫、編輯各型各色文章後，所得到的結論：越是繁雜的生命體驗，不管穿透何種介質（音樂、影像、評論、採訪），最終所要呈現的，是像地平線升起那樣直接、不可逆、毫無懸念的單純張力。

「惻隱之力」是整理書稿時，一直想起的事情。曾經，這份靠近本真的惻隱之心，作為刺痛感，存在於我的文章。立下重重的文字關卡與謎題，試探性的，讓讀者在文字裡找尋線索，尋求與讀者能夠從各自的惻隱之中，找到共時共景。進而看透人生縱使無情無奈，仍能因為放棄了多數不應該存在的希望，而一息尚存。

很悲傷吧。

如今，惻隱變成一股力量。「惻隱之力」，使我寧願相信，一些互動，可以更為直接、更為貼近內心。也就是說，曾經為了悲傷服務的「情懷」，或許正在轉化成為一股力量，讓我在刻畫人事物之時，不再讓自己的文字，流於泛靡之音。

我也開始不再否定過去的表達，不再質問自己為何曾是那樣的作者。終於能夠拿起過去的書寫作品，安然一些，釋懷一些，耐心閱讀。

在這樣的過程裡，發現了「再也不可能寫出以往那樣的文字」。因生命的炙熱，焚燒出心迷帝國的廢墟，也都塵埃落定了。青春裡浮現的海市蜃樓，有其直率，有其單純，然而，無論是懊惱於過往的粗糙感，或者懊惱於再也無法打造那些本我的帝國，該歸塵已歸塵，該落土已落土。

九年——有那麼長嗎？是的，在寫序的時候沒有這麼感覺，寫這篇後記時，一種「總而言之」似的漫長感受油然而生。二〇一二年發行《不要輕易碰觸》的生命景況，好像只能記得一些些。是記憶不夠深刻嗎？並不是。或許是徒勞。徒勞於當時所執著的一切，再後來九年內的時間，一再重複，本質性的重複，而徒勞感也曾輾壓過我，使我不再專注於文學。

但終究得回歸文學。漸漸的，當有些讀者、朋友跟我提起「我曾看過你的書喔」，心中的轉折與突然，相當複雜：這些年，我去了哪裡，變成了怎樣的人呢？

「惻隱之力」在這一本新書裡，扮演著調和各種人格的角色。在散文裡，掙扎了一下，仍不避諱地使用第一人稱，恐怕是發現，筆下的善與惡，都只是人格裡的佈局，終究，對於「人」本身的複雜情感，我的結論是「惻隱」。

或許同意，或許不同意；或許能理解卻不理解，或許很愛很愛，或許愛不到……在社群時代裡，人們的聲音好嘈雜，若無惻隱之心，怎麼能活下去？敢愛敢恨，並不是出於漫不在意，而是心裡那一份硬蕊的惻隱，教導我從各樣的角度，去探看人性。

這些故事裡，我是誰呢？我不再是拿著大聲公的人，而是坐在稍遠悄然的一個角落裡，挖掘著作為人，生存的道理。我們真的必須有很多的愛，才能夠去理解身邊的機遇。

我不會直接的說那一切都是愛。我會說，那是一份必須的惻隱。

回到現實時空裡，如前述，定稿之時，值二〇二一年六月期間，疫情突然反撲台灣，從五月開始，全國已經歷經了兩個月的軟封城。人與人之間的距離感改變了。一方面，好像特別需要陪伴，特別想念朋友與同事；另一方面，也發現，原來視訊或語音通訊可以解決很多事，擠在辦公室不一定更有效率，不能面對面，反而可以讓會議更快結束。

世界不會再是一樣的了。全新的秩序，沒有人能避免被改變。六月底，新一波更強的病毒，再次入侵全世界。籌備本書的過程，從大量的與人交集、談話，到人際來往最低限度時期的文字總整理，我也真的坐了一趟雲霄飛車。總有許多時候，我想再訪文中所提到的地方，卻因為疫情而不能成，甚至，平時寫稿的地方，也都被迫停止營業。

如常的咖啡店寫作，沒了。如常的電台節目錄音，沒了。如常的與好友小聚，沒了。整稿的時候，缺少了絕對的「實感」，一開始，非常苦惱，最後只能從當時寫下的文字，透過閱讀，再次建立起一個秩序，從中嘗試修潤彙整，原本的故事場景，那些吧台、咖啡館、城市交通、旅程，也挪移到了一處窄小的案頭。憑藉想像與回憶，我用某種從未嘗試的意志，進行最後定稿。

再次閱讀，因為世界的疏離，原來故事裡並不總是時不我予，也有如夢似幻，美好而堅固的樣子。反差產生了，如常改變了，一樣也不一樣了。我時常想，再經歷一次這些故事，文字一定也不會一樣的。

卻也因此，我更堅信，文章裡唯一絕對不會變的，正是惻隱。

這個時代、這個時期，比起過往，我們前所未有的更需要觀察人性。更需要透過惻隱，讓變幻莫測、無力決斷的瘟疫時代，得到寬慰。

在〈有夢的臉〉一文，我向大衛鮑伊（David Bowie）致敬，引用了他知名的歌詞「我們都能成為英雄，哪怕僅是一天。」惻隱是我們心中的英雄，帶我們撐過不只一天。惻隱是那樣的困難，又那樣的貼近人性，若你我沒有問候世界的能力，這本書或許只是一個傷感者的直觀。但對我來說，遠遠不止是如此。

希望「惻隱」能作為本書最好的濾鏡。

我希望世界的變化，內心的劇烈，都能透過這份濾鏡之下的文字，獲得一些些的感應。

真的不知道什麼時候，疫情會平息，生活會回到熟悉的場景之中。所有久違的所在，牽起我內心一絲一縷，期待著生命裡的變化——不，期待著那些不變。

願你讀到這本書的時候，世界已經允許我們，回到久違的所在。沒有理所當然，但願我們都能因為文學，甚或是其他藝術形式，產生惻隱，以此為據，在心中做自己的英雄。

哪怕，僅只一天。

不會只有一天的，做自己的英雄，做一個擁有惻隱之力的人。

而我們的愛，是可能有著落的。在久違的所在。當地平線升起。

寫於花蓮，二〇二一年六月

附錄

從「獨白」到「問候」——陳玠安談《問候薛西弗斯》

專訪／孫梓評（作家）

我請陳玠安（一九八四—）為他前三本書設定關鍵字。

二〇〇四年十二月《那男孩攔下飛機》得到「衝撞」。「當時我認為作品是唯一可以證明自己的東西，很努力表演文字，想要衝撞出一條路。」那個鋩角甚多的文學少年，置身教育體制和社會環境束縛，讀各種書，聽大量音樂，「那時我真的覺得文學的門很窄，從高中開始寫，一直延續著沒有作品就沒辦法證明自己的焦慮，和某種絕對的窒息感：

如果我放棄不寫，沒有人會覺得惋惜。」

其後，他展開比例更高的台北生活，二〇〇七年九月《在，我的秘密之地》，關鍵字「音樂」。「非常純粹的音樂書寫，也跟當時接觸的藝術媒材有關，我知道一定會出一本這樣的書，剛好稿子到齊了，就出。」時移事往，這是他最常重讀的一冊自身作品。

二〇一二年六月《不要輕易碰觸》，關鍵字「愛情」。「愛情崩塌了，挫敗感很大，裡頭的悵然是很明確的。」但，他挑選的字眼是「愛情」而非「失戀」，「無論美化或醜化它，以意識流小說或詩意筆法去寫，我對愛情還是有很多想像，像在沙漠中憧憬著海市蜃樓。」確實他總還能再愛，每一次都像最後一次，「海市蜃樓是結果論。沒有抵達前，你不知道那是不是綠洲。」附在書末，是他在花蓮經營「木心書屋」始末，本來擔心與書的其他部分扞格，「但後來覺得那也是一場崩塌：從無到有，從有到無。」

動用減法，學會惻隱

也是二〇一二年五月開始，陳玠安陸續擔任兩本音樂雜誌《Gigs 搖滾生活誌》、《Bark 音痴路》主編，「這幾年我做了很多非文學的事，幾乎被這個社會認定是一個樂評人，但是文學帶給我的東西沒有比以前少。」比如閱讀，「早年會有意識讀一些作品，對我來說是研究跟功課，現在不是，我想讀什麼就讀什麼，閱讀變成一件比以前更親密的事情。」曾經因為工作得執行大量訪談，「訪問別人前，我讀許多期刊雜誌專訪，訪談文字很有趣，它有來回。」當一篇訪問稿來到讀者眼底，且成為三方通話。「文字的精練感不是最重要的，而是如何保留講話的語氣，抓住重點。這些準備對我的寫作很有幫助。」除了訪談，他也讀田野調查，報導文學。「當然間接影響了我的文字風格。以前是急欲生產一直施肥，現在則讓它自然長成。」

新作相隔九年才結果，人生所歷比書中留下的更多，卻未必成為書寫，「很殘酷地說，現在情感沒有以前那麼奔放。從前敘述一件小事，可能會放大到極限；現在相反，我必須動用減法，讓自己盡量簡潔。」陳玠安的長期讀者，大概不難發現這個改變。「我避免艱澀的段落，語氣，或詞彙；過去則是設下許多路障，你要是過得了，那你很棒，I Love You, Too!」變為親切，卻不尋求大規模共感，「如果這本書可以有一個跟讀者互動的機會，比較期望的是，哪怕讀者讀到其中一段文字，得到一種既視感，能帶往其他連結。」那樣的連結，換句話說，即是「情感的流動」。

於是，他為《問候薛西弗斯》選定的關鍵字是「惻隱」。

「從第一本書以來，我對這世界有很多感受，愛與恨攪和一起，現在變成內化的東西：乖張不那麼乖張，抒情也沒那麼抒情。」以為不會離開的終究離開了；以為不會疏遠的仍然疏遠了；以為不會相信的，最終相信了，「做為書寫者，我能做的是什麼？」陳玠安自問。「我很擅長觀察，觀察之後，會得到很多情緒：同感，反對，拒絕。我的選擇是惻隱——哪怕與他者立場不同，試著了解。」

空間和人，血緣和身分

向來，陳玠安書中住著許多「人」與「人物」，我好奇這種對「人」寫生的愛好，怎麼來的？另一樣出現在其作品中的重點項目則是「空間」，無論異鄉小房間，早餐店，唱片行，旅館，電影院，各色空間收留著各種人——

「人和空間是連動的，哪怕那空間現在沒有人，它還是有人。人的味道不會那麼簡單就消失。人，當然也是空間的創造者。」陳玠安說，「這兩者我都很迷戀。空間和人，都是我的庇護所。我必須有信任的人、信任的空間，才能存活。」自承並不怕生，但偏愛保持距離，「在文字上，我對人的情感是外顯的，但現實中，我對人又保有距離。有距離才得以觀察。也因那距離感，我涉入整個空間、與另一個人互動之前，可以先掌握一些資訊，成為認定，調整設定，接著才透過我內建的濾鏡去看待那一切。」感傷的是，空間會變，人會變，辛苦難免。

另一層危險也許是，當書寫現實人物，會不會擔心沒能使之更為立體？「在寫者與被寫者之間，彼此關係如何呈現？如果沒能察覺危險，寫人物一定會失敗。」陳玠安說，「所以，危險是好的，當你很著迷書寫對象，可能會忘記那份危險，或是此刻你對那人有很多意見，也會有一樣困境。如果可以察覺危險，像導播一樣，讓三、四隻鏡頭跟著書寫對象，適時切換，講出來的故事會完全不一樣。」

持著這樣的警醒，新書中致意楊牧和坂本龍一等多名音樂人，像他文學「血緣」中一貫存在的混血性格，形成當代之異音。「我很喜歡日本人『和風洋魂』的創作狀態，我想，這種『混血感』跟我吸納很多東西、有意圖地想要為己所用有關。」比方書中悼別楊牧一文，因為書寫對象之龐大，下筆前難免焦慮，「楊牧過世那天，花蓮下起小雨，不干擾你的那種雨，可以繼續走路不用撐傘，那種感覺很魔幻，我思考那場雨跟我要表達的楊牧之間的關聯，於是我想到賀德林（Friedrich Hölderlin）。」彷彿借用一個或多個寫過賀德林如何形成影響的後來者，以那樣的切角去思考一個偉大詩人的成就，「我的結論是楊牧是這時代最後一個抒情主義詩人，這想法也是從賀德林那邊來的，因為賀德林很常在他的詩裡問：我們為什麼還需要詩？」

陳玠安另一個使我玩味的是他的「身分」：花蓮人／台北人身分，文學人／音樂人身分，散文作者／小說家身分。他說，「歷史是漂移的，城市也是漂移的，我相信平行時空和曼德拉效應，哪怕只是存在文學裡面。」因此，身分的切分或許並不必然，「某一個我，可能正待在十年前台北某個地方，永遠不會變成現在的我。在花蓮某一面時光切片裡，可能我還一直停留在那裡，長成另外一個人。」因為，「個人歷史是線性的，但個人歷史的說法未必得是線性的。我很抗拒非必要的線性說法。」然而身體畢竟真實移動於兩地，台北和花蓮各自提供不同的異質感，「台北對我來說，可以從中摸索到許多平行時空，彷彿一個時鐘在晃蕩跟漫遊；花蓮則跟個人真實歷史緊密相連。」

連接兩端的，是鐵道，移動中的火車，還有月台。「等車給我複雜的情緒，我總是很焦慮。焦慮來自我將要經歷某些隧道，或陰暗的海面，那些平行時空或曼德拉效應，會像洞穴裡的蝙蝠一樣甦醒，朝我飛來。」

於是，等車時，老想著今天會遇到怎樣的蝙蝠？「當我突然走進那個平行時空，故事就從那裡長出來。」

不要忽略自身可能的神性

我請陳玠安為《問候薛西弗斯》點播一首歌，或一張專輯。

「第一時間想到是Joan Osborne的〈One Of Us〉。」他說，第一次聽她的歌猶是卡帶年代，歌詞寫「What if God was one of us? / Just a slob like one of us / Just a stranger on the bus / Tryin' to make his way home?」貫穿整本書的概念：許多人是活在地上的神，或曾顯現某種神性；甚至，「我們也忽略了自己可能是反應某種神性的自身。」

專輯則是陳冠蒨《欲言又止》。「整張專輯是一次非常完整的抒情經驗，有很多溫暖跟包容的可能性，我很嚮往那樣的語境，鋒芒十足但不炫技；內斂，但是很有力量。」

就像收留在《問候薛西弗斯》裡，這些仍在路上，推動日子前進的眾神們。

不管是問候的，或是被問候的。

曾經，〈爆的獨白〉裡，十六歲海邊少年置身喧譁同儕之中，顯得多麼孤獨無措。二十年後，那少年從「爆」走向了「收」，體味著《欲言又止》的魅力，他說，「我希望自己可以成為這樣的創作者。」說完，怕收音不清楚，陳玠安又對錄音中的手機，把同一句話，慢慢說了一次。

問候薛西弗斯

作者　陳玠安

社長　陳蕙慧
副總編輯　陳瓊如
行銷企畫　陳雅雯、尹子麟、余一霞、洪佳穎
封面設計　莊謹銘
內頁設計　陳宛昀
排版　宸遠彩藝

讀書共和國集團社長　郭重興
發行人兼出版總監　曾大福
出版　木馬文化事業股份有限公司
發行　遠足文化事業股份有限公司
地址　231 新北市新店區民權路 108-2 號 9 樓
電話　(02)2218-1417
傳真　(02)2218-0727
Email　service@bookrep.com.tw
郵撥帳號　19588272 木馬文化事業股份有限公司
客服專線　0800-221-029
法律顧問　華洋國際專利商標事務所 蘇文生律師
印刷　呈靖印刷股份有限公司
初版一刷　2021 年 10 月 14 日
定價　380 元

國家圖書館出版品預行編目

問候薛西弗斯 / 陳玠安著 . -- 初版 . -- 新北市 : 木馬文化事業股份有限公司出版 : 遠足文化事業股份有限公司發行 , 2021.10
面；　公分

ISBN 978-626-314-055-4(平裝)

863.55　　110015958